DOSSIER TROCCHI

DU MÊME AUTEUR

Le Complotisme, anatomie d'une religion, Éditions du Cerf, 2022.

Ils l'appelaient Monsieur Hitler, Éditions Perrin, 2022.

Ombre invaincue, Éditions Perrin, 2021.

En cherchant Parvulesco, Éditions La Table Ronde, 2021.

Et s'ils étaient tous fous ?, Librairie Vuibert, 2017.

Mémoires d'un inclassable, Éditions Albin Michel, 2017.

C'est un complot !, Éditions Jean-Claude Lattès, 2016.

Et si c'était la vérité ?, Librairie Vuibert, 2015.

Guide de l'autre France, Fayard, 2014.

L'Extrémisme, CNRS Éditions, 2012.

Mai 1981 raconté par les tracts, Éditions Hors-Collection, 2011.

Un maçon franc, Éditions Alphée, 2010.

Qui êtes-vous, Michel Maffesoli ? (en collaboration avec Michel Maffesoli), Bourin Éditeur, 2010.

Qui êtes-vous, Antoinette Fouque ? (en collaboration avec Antoinette Fouque), Bourin Éditeur, 2009.

Lutte armée, Éditions du Toucan, 2009.

À gauche, toute !, CNRS Éditions, 2009.

Génération Chaos, Éditions Denoël, 2008.

Extrêmes gauches, La Tentation de la réforme, Éditions Textuel, 2006.

L'Aventure moderne, Éditions Flammarion, 2006.

Suite de la liste en fin d'ouvrage.

CHRISTOPHE BOURSEILLER

DOSSIER TROCCHI

L'homme qui voulait faire de sa vie une œuvre d'art

LA TABLE RONDE

26, rue de Condé, Paris 6e.

editionslatableronde.fr

SOMMAIRE

« Toute œuvre qui se tient m'ennuie.
Faire un livre me paraît une insanité. »

Emil Cioran

I

La construction des situations

Ai-je su vivre pleinement les saisons de la vie ? Lorsque je porte sur ma jeunesse un regard de légiste, il m'arrive d'en douter. J'éprouve rétrospectivement l'impression d'être passé à côté du jeune âge dans ce qu'il implique d'insouciance, de batifole, de lâcher-prise, en un mot : de jeu. Enfant, je m'adonnais principalement à des jeux de rôles qui sollicitaient le seul intellect. Je me suffisais à moi-même. Les autres m'effrayaient plus qu'ils ne m'intriguaient, et la cour de récréation me terrorisait. Comment trouver ma place dans ce tumulte de singes hurleurs ? J'ignorais les plaisirs de mon âge, car les plaisirs m'étaient étrangers.

Quand survint l'adolescence, je pris le parti de fuir les « surprises-parties » et autres « boums ». Si, par faiblesse, il m'arrivait d'accepter une invitation, j'évitais la piste de danse, puis je traînais mon ennui solitaire et hautain, sans oser aborder les jeunes filles que ma posture trop fière rebutait. À seize ans, je ne quittais jamais la veste de velours noir dans laquelle j'étais sanglé, et sur laquelle j'avais accroché par souci d'esthétisme une médaille représentant l'aigle des Habsbourg. J'observais le ballet sautillant des amours adolescentes sans y prendre part. Un jour, une fille de quatorze ans, avec un fort accent du sud, m'a balancé cette vérité crue : « Tu as l'air d'un moine. » Sur le coup j'ai entendu « tu as l'air d'un mône » en raison de sa prononciation méridionale, ce qui m'a plongé dans un abîme de réflexion, mais je crois bien qu'elle avait raison. Je gardais ma dignité, jusqu'à l'absurde, en rejetant la chair qui sans doute m'effrayait. Le plus curieux, c'est que j'affichais cette froideur puritaine durant la fameuse « parenthèse enchantée », ce moment post-soixante-huitard marqué par une forme de frénésie sexuelle et un culte de l'amour libre. De cette jouissance « no limit », je me suis volontairement exclu. Tandis que sur les plages nudistes de Camargue mes parents exhibaient leur bronzage intégral, je répugnais à enlever ne fût-ce qu'un teeshirt, pour exposer mon torse au soleil. Cette pudeur extrême me plaçait à contre-courant de l'époque. Je ne me reconnaissais pas dans ce carrousel de désirs, dans ce jeu permanent de l'amour et du hasard. On couche d'abord, puis on fait connaissance ? « Quand tu seras débloqué, fais-moi signe ? »

Bien sûr, je souffrais. J'étouffais dans la carapace trop serrée que je m'étais cousue. J'avais surtout peur. Peur des autres, peur des femmes, peur de tout. Il m'a fallu un temps fou pour accepter ce monde dont je ne parvenais pas à saisir les rouages. De l'humain, il me manquait le mode d'emploi. J'ai attendu d'avoir vingt ans pour qu'une « vieille » de vingt-huit ans, qui travaillait dans la publicité tout en militant au Mouvement de libération des femmes d'Antoinette Fouque, consente à me déniaiser. J'avais mis le temps.

L'ennui fut par conséquent le carburant qui m'a fait grandir. Il s'agissait de fuir les jours vides, d'occuper les heures, de passer le temps durant l'écoulement du sablier. L'ennui est un plus puissant moteur qu'on ne l'imagine. Tout ce que j'ai fait jusqu'ici, l'ai-je accompli par désœuvrement ?

L'ambition, l'arrivisme, l'étourdissement du quotidien ne sont que des mirages. Seul demeure le silence précaire d'une journée maussade et mal employée. Habiter tant bien que mal le corps de chair et de sang que l'on n'a pas choisi, se coltiner la famille que l'on n'a pas élue, ce n'est guère folichon.

Les situationnistes, dont j'ai découvert l'existence à treize ans, incarnaient en somme mon exact contraire, dans la mesure où ils prétendaient avec beaucoup de forfanterie *faire de leur vie une œuvre d'art*. Telle était l'enthousiasmante ambition de l'Internationale situationniste (1957-1972). Qu'est-ce qu'un situationniste ? Quelqu'un qui veut créer une situation. Qu'est-ce qu'une situation ? Un instant de vie réellement vécu. Curieusement, en anglais, le mot *situation* désigne aussi un problème, un événement insolite et inquiétant. Rien de tel chez les situationnistes pour qui la vie, la vraie, n'était qu'une quête permanente de situations. Guy Debord, Raoul Vaneigem, Michèle Bernstein, Jacqueline de Jong et leurs comparses voulaient « vivre sans temps mort et jouir sans entraves ». Vivre, et non plus survivre, comme la majorité du troupeau, trop occupée à consommer, tête baissée. Vivre consistait à dépasser le couple, à prôner le libertinage et l'intempérance, à baiser sans engagement, à coucher pour le plaisir de l'étreinte, à savourer l'étincelle de l'instant, à piétiner les codes moraux, à tracer une cartographie nouvelle par-delà le bien et le mal. Enfin, c'est ce que j'ai compris… « Les révolutions seront des fêtes ou ne seront pas », disaient-ils, et encore : « Le jeu est la rationalité ultime de la fête. »

Avais-je ma place dans ce concert de « hurlements en faveur de Sade » (je fais ici référence au premier film de Guy Debord), moi qui ignorais tout de l'orgie, de la fête et du jeu ? N'étais-je pas un adolescent mutique et torturé, affublé de lunettes, un Misanthrope en noir, un jeune homme que la chair effrayait plus que tout ? Sans doute, en lisant les situs, espérais-je m'extraire de la prison mentale dans laquelle je m'étais enfermé. Leur déraison me fascinait d'autant plus que je m'en privais.

À onze ans, en 1969, j'avais créé un Comité d'action 6e agissante, qui avait édité à trois exemplaires, par la grâce du papier carbone, un tract avec cette simple mention : « Grève générale ». Un an plus tard, en cinquième, j'ai fondé une organisation maoïste ambitieuse, dont j'étais le seul membre : le Parti communiste marxiste-léniniste maoïste stalinien (PCMLMS). Je « publiai » dans la foulée un cahier d'écolier sobrement nommé *La Lutte*. En quatrième, ma vie a basculé quand j'ai acheté avec mon argent de poche à la librairie Actualités de la rue Dauphine une brochure intitulée *De la misère en milieu étudiant*. Ce fut une révélation. Sans attendre, j'ai abandonné le maoïsme au profit des théories situationnistes. J'ai remplacé le PCMLMS par le MSTC. Le « Mouvement situationniste pour un tourbillon créatif » éditait, à un unique exemplaire, un bulletin au titre puissant : *Le Tourbillon des masses*. Voulant coller au ton de l'époque et voyant que les situationnistes – les vrais – ne cessaient de s'ostraciser et de s'exclure les uns les autres, j'entrepris de scissionner d'avec moi-même, attendu que j'étais le seul adhérent de mon groupe. J'abandonnai avec fracas le MSTC pour impulser un MCSS (Mouvement créateur situationniste subversif) fortement dissident car moins théorique et plus focalisé sur l'action.

J'avais quinze ans quand, fouinant un jour parmi les textes situationnistes, je suis tombé sur un certain Alexander Trocchi.

Situationniste peu connu, écrivain aujourd'hui parfaitement oublié, Alexander Trocchi (1925-1984) fut tenu de son vivant pour un gourou secret de l'underground, un de ces passeurs dont on se transmet le nom de bouche à oreille. Libertin, drogué, suicidaire, il a tenté de vivre selon les préceptes édictés par le théoricien des situationnistes, Guy Debord. Il a tâté de tout, s'est brûlé en pensant peut-être par là même se construire une légende.

« Suis-je un monstre ? » s'interroge-t-il dans l'un de ses textes, ajoutant : « J'espère que ce n'est pas le cas. » Ma mère, la comédienne Chantal Darget, dont le visage orna longtemps le « Classique Bordas » consacré à *Phèdre* et qui s'imposa comme une comédienne de théâtre à la voix roucoulante, me disait exactement le contraire : « Nous sommes des monstres ! » aimait-elle à claironner, car elle s'en glorifiait. Puis elle précisait : « C'est ce qui fait notre force. » Sans doute entendait-elle par là que les gens de théâtre avaient le don inné de s'extraire de la plèbe, qu'ils incarnaient, comme l'écrirait la sociologue Nathalie Heinich dans *L'Élite artiste*, une « aristocratie », j'allais écrire « une *artistocratie* ».

Enfant de la balle, fils d'une comédienne et d'un producteur, beau-fils d'un metteur en scène, petit-fils d'une caissière et figurante, appartenais-je moi aussi à l'aristocratie ? La nôtre ne s'enracinait ni sur un blason immémorial, ni sur des préceptes moraux. Où était-elle, notre noblesse ? Monstres, nous étions, car nous ne nous assignions aucune borne. Notre monstruosité consistait en une haine absolue des conventions, en un désir de nous démarquer, avec le risque de la démesure et de la chute finale. Il fallait se distinguer. Héros ou criminel, peu importait au fond, tant que nous mettions à bas les valeurs dominantes. Je songe ici à ce troublant passage du *Traité de savoir-vivre à l'usage des jeunes générations*, dans lequel Raoul Vaneigem établit une liste de grands hommes, en mélangeant à dessein les poètes, les théoriciens, les artistes, et les criminels : « Lacenaire, Borel, Lassailly, Büchner, Baudelaire, Hölderlin, n'était-ce pas aussi la misère et son refus radical[1] ? »

Suis-je à mon tour un monstre ? Ai-je trop bien obéi aux objurgations familiales, en oubliant de les discuter ? Je crains en vérité de n'avoir pas été à la hauteur de l'enjeu. Bien loin de céder aux instincts, bien loin de me transformer en fauve aux lèvres rougies par le gloss, je suis devenu l'observateur perplexe des diverses monstruosités qui peuplent ce monde. Je ne suis certes pas le seul de ma catégorie, mais l'on peut à tout le moins me

1. Raoul Vaneigem, *Traité de savoir-vivre à l'usage des jeunes générations*, Gallimard, Paris, 1967.

reconnaître dans ce domaine une forme de constance. On dîne avec le diable en usant de préférence d'une longue cuillère. Ainsi, j'ai fréquenté les vrais monstres, sans jamais céder au mirage de l'idolâtrie.

Partant à la rencontre du mystérieux et occulté Alexander Trocchi, je cherche sans nul doute, non pas un « homme », comme Diogène errant à midi dans Athènes et brandissant une lanterne allumée, mais un « monstre » semblable à cette lignée dont je suis le produit. Je cherche un frère.

II

Une jeunesse si prometteuse

Alexander Trocchi naît à Glasgow, le 30 juillet 1925, dans une famille aisée d'origine italienne, qui a émigré à la fin du XIXe siècle pour s'installer à Édimbourg. Le père fondateur du rameau écossais se nomme Ferdinand Trocchi. Il a laissé derrière lui une famille puissante. Et notamment son cousin, le cardinal Tito Trocchi.

En Écosse, Ferdinand se taille une réputation d'entrepreneur florissant. Parmi les héritiers du patriarche figure cependant un mouton noir nommé Alfredo Luigi. C'est lui, le père d'Alexander Trocchi. Rompant avec la tradition, Alfredo Luigi Trocchi refuse de faire carrière. La bourgeoisie l'ennuie. Il se découvre une âme d'artiste. Point de déchirure, ni de spleen baudelairien, chez lui. Alfredo Luigi est un dandy qui n'aime rien tant que papillonner, s'amuser, virevolter sur la piste de danse. Il apprécie le futile et le provisoire. Il apprend le piano, mais Bach et Chopin le barbent. Ce qu'il aime, c'est le music-hall. Il devient pianiste burlesque et se produit parfois déguisé en clown blanc. C'est un humoriste, un amuseur, un fantaisiste. Il me fait un peu penser à Jean Carmet qui avait démarré sa carrière au music-hall, avant de prendre son envol au cinéma.

Le pitre Alfredo se voit rattrapé par les fracas du siècle. Pendant la Première Guerre mondiale, il se trouve incorporé dans l'armée britannique. Il s'en tire à bon compte en jouant du piano le soir au mess des officiers, mais le temps des combats arrive et on l'envoie en Palestine, puis en Mésopotamie. Il lutte contre les forces turques, alliées de l'Allemagne. Blessé à la tête par un éclat d'obus qui réussit à fendre son casque, il termine la guerre à l'hôpital.

Le 4 juin 1919, il épouse, à l'âge de trente-deux ans, Annie Jack Langley Robertson, une Écossaise pur jus issue d'une famille aisée. Annie compte parmi ses oncles plusieurs producteurs de cinéma. Démobilisé et nouvellement marié, Alfredo Luigi reprend ses activités musicales, joue dans les hôtels et les restaurants de Glasgow. Ça n'est pas reluisant, mais ça marche bien. Il monte un orchestre de musique légère qui écume les bals. Il aime faire danser, il aime le pétillement du champagne dans les coupes, il aime faire rire et séduire. Les contrats affluent. Il devient manager et s'occupe bientôt de cinq ensembles. Seulement les temps changent, et le jazz emporte la mise. La valse et la polka ont fini par lasser un public rajeuni, friand de nouveautés. Alfredo Luigi, qui ne comprend rien à l'époque nouvelle, rate le virage. Il commence en outre à souffrir d'arthrite, ce qui l'empêche de jouer, puis d'une angine chronique. Il troque sa carrière de pianiste et ses activités d'imprésario pour un emploi providentiel dans une société de droits d'auteur. Hélas il se montre dispendieux, et se fait licencier pour avoir abusé des notes de frais. Cette fois, c'est la dèche. Le chômage, le vrai.

Alexander Whitelaw Robertson Trocchi voit ainsi le jour dans une famille bourgeoise menacée par la ruine, dont le patriarche est un oisif qui ressasse *ad nauseam* son bonheur perdu. Ce déclin financier marque son destin. La menace de la ruine, la hantise du porte-monnaie vide ne le lâcheront jamais.

D'Abbotsford Place, quartier chic du sud de Glasgow, les Trocchi sont forcés de déménager pour Bank Street, à l'ouest, non loin du très beau Kelvingrove Park. La nouvelle résidence est suffisamment grande pour qu'Annie puisse améliorer les revenus de la famille en louant des chambres d'hôte. Elle devient aux yeux de tous une figure morale, chrétienne, froide et dominante. Face à elle, Alfredo Luigi ne fait pas le poids. Il ne travaille plus. Il ne participe ni à l'entretien, ni à la gestion de la demeure. Ses enfants voient en lui un clown sympathique qui, le soir, grimace pour les faire rire. À l'école, quand on demande au jeune Alexander la profession de son père, il ne sait pas quoi répondre.

À l'âge de quatre ans, l'enfant s'enferme dans une caisse en bois. Il s'y réfugie des jours entiers, recroquevillé dans un espace minuscule qui l'isole et le protège du monde. Cette manie finit par indisposer ses parents. Nul ne songe à questionner son état psychique. Son père le somme de sortir de sa boîte et d'aller dehors respirer l'air frais. À contrecœur, le petit garçon obéit.

Alexander fréquente en interne l'école primaire Hillhead. Sans y faire des étincelles, il se maintient dans la bonne moyenne. C'est un enfant malingre et timide. En 1937, il entre dans le secondaire. Le mioche fragile se mue en un adolescent sportif, doublé d'un jeune coq, un rien hâbleur. Il change de visage. *Exit* le gamin introverti qui se terrait dans une caisse. Alexander a la saillie facile, il excelle en bons mots et engrange les rires. Mais il va plus loin. Petit à petit, son sens de l'humour tourne à l'insolence et à la provocation. Il devient un élève turbulent, désobéissant, frondeur. Il multiplie les farces, ce qui lui vaut d'être régulièrement frappé à coups de ceinture par ses professeurs, selon les méthodes pédagogiques en vigueur dans l'éducation britannique. Avec ses amis Jack et Victor, il enchaîne les larcins chez les commerçants et planque le butin chez lui. Évoquant sur le tard cette enfance énervée, il pose en rebelle : « À mon grand dam, j'ai découvert que rien ne m'intéressait. Je ne voulais être ni fermier, ni ingénieur, ni juriste, ni docteur. » Cette absence d'ambition, ce refus adolescent d'aborder des études sérieuses, ne sont pas sans rappeler le comportement ludique de son chômeur de père.

Tandis qu'Alexander le bienheureux fait les quatre cents coups, le monde s'enfonce dans la nuit. La Seconde Guerre mondiale éclate et la Grande-Bretagne est bombardée jour et nuit. Alexander ne s'intéresse pas à la politique. Il se passionne plutôt pour un article d'un journal de Glasgow traitant de l'apparition d'un « Objet volant non identifié ». Rien de franchement étonnant en temps de guerre, mais le journaliste s'interroge avec gravité sur l'existence possible des Martiens. Alexander a une illumination. Voilà qui pourrait expliquer son incapacité à trouver sa place sur cette planète. D'un Martien l'autre… Alien, j'aurais bien voulu l'être, comme Trocchi.

En octobre 1941, sa mère tombe gravement malade. On diagnostique une dysenterie bacillaire qui se révèle fatale. Alexander est dévasté. Il se sent coupable. Qu'a-t-il fait, le fils prodigue, pour soulager le fardeau maternel ? L'adolescent perd son référent moral et son garde-fou. Il entre dans un terrible état dépressif.

Il s'inscrit en 1942 à l'université de Glasgow, pour étudier l'anglais, l'économie politique et la logique. Une tête bien faite dans un corps sain. Mais la guerre fait rage et à dix-huit ans Alexander Trocchi est incorporé dans l'armée britannique. Le conscrit a de la chance. Il demande et obtient l'aviation. On l'expédie en stage au Canada, dans le but de lui enseigner le pilotage. Il n'a, semble-t-il, rien perdu de son humour potache et décide de s'amuser un peu. Opérant une performance artistique avant l'heure, il dévide depuis le ciel un rouleau de papier toilette, en une forme de bombardement symbolique. Cet accomplissement artistique n'est pas du goût des généraux canadiens. On le réexpédie dare-dare au Royaume-Uni. Mais cette anecdote est-elle véridique, ou relève-t-elle d'une reconstruction *a posteriori* ? Dans ses textes, ses interviews ultérieures, Alexander Trocchi ne cesse de se dépeindre comme un éternel révolté, dont la colère narquoise se veut saupoudrée de dadaïsme. Il se réécrit. Il écrit sa légende.

Après l'armistice de 1945, l'armée lui propose de devenir sous-officier dans la marine. Le militaire ne paraît guère pressé de retrouver ses chères études. Il a toujours rêvé de voyager. En somme, il n'est pas mécontent de marcher sur les traces de son frère aîné Jack, devenu presque un héros depuis qu'il a été fait prisonnier par les Japonais en 1944 et croupit dans une geôle nippone. Alexander intègre la Royal Navy. Après une phase d'entraînement à Chatham, il est affecté sur le HMS *Campbeltown* qui escorte les convois arctiques en direction de Mourmansk. La route est périlleuse et les sous-marins allemands y font des ravages. Trocchi se comporte bien. Il endure sans sourciller le froid glacial, la banquise et la crainte des torpilles. Il demeurera deux années supplémentaires sous les drapeaux.

Lorsqu'il se réinscrit à la faculté, il s'est endurci. Il a vécu la mort de sa mère, la guerre, l'emprisonnement temporaire de son frère. Il a aussi voyagé en Arctique, jusqu'au mythique passage du Nord-Ouest, le chenal onirique qui relie théoriquement l'extrême orient à l'extrême occident, mais se trouve entravé toute l'année par les glaces.

III

L'amour n'est pas le désir

En 1945, lors d'une permission à Édimbourg, le marin Trocchi avait découvert l'amour entre les bras d'une prostituée, pour dix shillings, dans un abri anti-aérien. Il était courant, à l'époque, que les garçons se déniaisent moyennant finances. Chez Trocchi, le pli semble définitif. Le désir ne va pas sans enfoncement, sans laideur. Il opte pour la voie libertine. D'un côté, l'amour inaccessible, éthéré, celui qu'il porte à sa mère disparue, de l'autre l'instinct bestial, brutal, le coup, vite fait bien fait, tiré au long d'escaliers rendus gluants par la pluie et l'ordure, la pute que l'on jette après consommation, la femme objet, interchangeable, une luciole dans la jungle des villes.

Étudiant à Glasgow. Il croise une ancienne condisciple de collège, dont il avait été l'amoureux éconduit. Les temps ont changé et une relation solide paraît s'établir entre le jeune homme et Elizabeth Whyte, dite Betty, qui est en quatrième année d'études vétérinaires. Le couple décide de s'installer à la campagne, dans une petite maison de Garronhead, face à un champ boueux, à une quinzaine de kilomètres de Glasgow. C'est loin du campus, loin de tout. Pour rallier la ville, il faut prendre le train. Alexander a persuadé Betty qu'ils allaient faire fortune dans l'élevage des cochons. Il obéira toute sa vie à ce genre d'impulsions, pas toujours heureuses. Hélas, à Garronhead, de cochons, il n'y a point. Qu'à cela ne tienne, les tourtereaux plantent un potager, et parviennent à élever quelques poules. C'est peu, mais ça permet de subsister. Sont-ils heureux, ces jouvenceaux désargentés ? Ils affichent une belle insouciance, au point de partir en vacances du jour au lendemain sur l'île de Man, au milieu de la mer d'Irlande. Quelque chose de solide semble se construire.

Quand les parents de Betty s'installent à Oxford, elle décide de s'inscrire à la prestigieuse université. Adieu, la vie rurale. Si les amants se séparent sur un plan géographique, ils décident de sceller une alliance qu'ils estiment assez forte pour résister à l'éloignement. L'union est officialisée, en douce, le 15 janvier 1947. Alexander a vingt et un ans, Betty en a vingt-deux.

Elle se trouve enceinte et abandonne ses études. Alexander, lui, les poursuit. Pour se rendre plus vite à l'université, il achète une moto, une Ariel 500 cm^3, un monstre, semble-t-il. Sa première fille, Jacqueline Anne, naît le 15 janvier 1948. Devenu père à vingt-deux ans, il troque la moto pour un van familial.

C'est à Garronhead, en 1948, qu'il commence à écrire. Il ne s'arrêtera plus de couvrir ses cahiers de notes éparses, de courtes nouvelles, de poèmes, puis de romans. Il dévore les livres. Son auteur favori est George Orwell, mais il affectionne Jean Giono. Une palette plutôt large. Élève brillant, mari heureux, écrivain en devenir, le jeune homme dissimule toutefois une tare secrète. Il use et abuse de la benzédrine, une amphétamine créée en 1928, qui devient après la guerre la drogue favorite des créateurs fuyant le sommeil.

Après qu'il a réussi ses examens, l'université de Glasgow lui décerne une bourse en mai 1950, pour l'aider à poursuivre ses études à l'étranger. Aussitôt, Alex, Betty et la petite Jacqueline s'embarquent pour l'Italie. Ils visiteront la Grèce, la Turquie, la Yougoslavie. Puis la France.

Il découvre Paris, cette ville de l'après-guerre grouillant d'écrivains, de musiciens, de peintres venus de tous les pays du monde, et c'est le choc. Alexander et sa smalah plantent leurs pénates à Gagny, tout près de la capitale. Trocchi est ébloui par la folie parisienne. Il a des rêves plein la tête. Il étudie brièvement le cinéma à la Sorbonne en 1951, tente de se faire engager comme directeur de production sur un tournage, postule enfin, en vain, pour un poste à l'Unesco.

À force de s'extasier devant la « ville lumière », il décroche une pige régulière à la *Scots Review* sous l'intitulé de « Paris Letters ». Il y dépeint avec emphase la vie culturelle, philosophique, sociale et politique de la grande cité. Son nouveau statut de chroniqueur lui ouvre les portes du Tout-Paris. Il reçoit des cartons pour les projections privées, les premières, les galas. On le voit dans les dîners qui comptent.

Le jeune ambitieux parvient à séduire une princesse italienne plus âgée que lui, Marguerite Caetani, qui consent à publier son tout premier texte, un long poème de seize pages, dans sa revue littéraire *Botteghe Oscure* (magasins obscurs). Il fréquente aussi une sculptrice américaine : Barbara Weise. Au nombre de ses principaux amis d'exil figurent les peintres Ernst Fuchs et Russell Sully, ou encore l'écrivain Peter Ross.

Il s'installe rapidement dans une double vie. À Gagny, il se présente comme un père de famille épanoui. Sa femme est d'ailleurs à nouveau enceinte. À Paris, il expérimente la bohème urbaine, fréquente nombre d'expatriés en quête de sensations fortes et se mêle à la faune de Saint-Germain, Montparnasse et Montmartre.

Sa seconde fille, Margot Françoise, naît le 30 mai 1951. Va-t-il se poser ? Bien au contraire, les voyages lui manquent. Il achète pour pas cher une Ford Talbot de 1924, avec laquelle il part en expédition à travers la

France, puis l'Europe, en embarquant sa femme et ses deux enfants, dont un bébé. La belle aventure tourne vite au cauchemar. Il n'est guère facile pour une femme de muser au gré du vent, quand elle allaite un nourrisson fragile.

Sans compter que Trocchi a l'âme d'une cigale. L'argent lui file entre les doigts. La famille désargentée traverse tant bien que mal la Loire, puis se dirige vers le Midi. Hélas, la voiture tombe en panne. Là-dessus, une pluie torrentielle et continue achève de démoraliser les errants, qui échouent du côté du Cap-d'Ail. Ils se partagent sept cents grammes de pain. L'artiste est forcé de vendre la machine à écrire qui symbolise son désir de faire œuvre.

C'est alors que la Providence intervient. Un couple de riches retraités britanniques rencontrés par hasard accepte de les héberger durant quelques mois, à charge pour eux d'entretenir le jardin et la maison. Le soleil brille à nouveau.

À la fin de l'été, les Trocchi envisagent de rentrer, non pas à Gagny, mais sur l'île de Man, terre d'un nouvel exil. À peine sont-ils arrivés que Betty reçoit un télégramme l'informant que son père vient de tomber malade. Il meurt en février 1952. Celle-ci demeure à Newcastle, pour organiser les funérailles et la succession. Le couple se disloque. Alexander Trocchi démarre en 1952 une vie de séducteur.

IV

Merlin *l'enchanteur*

En 1952, Paris n'est pas une ville anodine.

Le monde anglo-saxon est encore dominé par le puritanisme. Les textes les plus lestes, les plus audacieux, se voient impitoyablement censurés. Paris la libérée, Paris l'existentialiste, Paris, son jazz et ses caves enfumées, affiche au contraire un visage ouvertement rabelaisien, libertin et libertaire. La capitale française constitue, pour de nombreux artistes, un havre de paix et de liberté.

Alexander a vingt-six ans. « Nouveau célibataire » et jeune auteur anglophone, il se mêle à la cohue bigarrée de Saint-Germain-des-Prés. La ville compte près de douze mille « expats » venus des États-Unis, mais aussi d'Angleterre, d'Irlande, du Canada… et d'Écosse. C'est dire que l'on parle souvent la langue de James Joyce dans les cafés d'Odéon, de Saint-Sulpice, de Maubert ou de Mabillon. Trocchi observe avec perplexité l'exploitation touristique de l'existentialisme, les anglophones payant les consommations deux fois plus cher que les Français. L'existentialisme est devenu une attraction, comparable au Moulin rouge ou aux bars de Pigalle.

Alexander est bel homme. Grand, avec un nez proéminent. Il prononce l'anglais d'une façon particulière qui évoque l'accent américain. Le physique athlétique contraste avec une voix doucereuse, Trocchi s'exprimant à voix basse, sur le ton de la confidence susurrée. Il plaît aux femmes, et réciproquement. De son propre aveu, il cultive une quintuple addiction pour « l'alcool, l'opium, le pouvoir, les femmes et les cigarettes ».

Un soir, dans une galerie, il fait la connaissance d'un Américain nommé Victor Miller, qui souhaite lancer à Paris une revue littéraire anglophone intitulée *Manuscript*. Miller cherche un rédacteur en chef, capable de porter le projet. Il est accompagné d'une jeune Américaine de dix-neuf ans aux longs cheveux noirs, Alice Jane Lougee, désireuse de participer à l'aventure. On convient de se revoir. L'affaire est conclue *presto*. Non seulement Alexander obtient l'emploi convoité, mais il sort du rendez-vous main dans la main avec Jane Lougee qui devient son amante, sa muse, sa financière et son associée.

N'empêche qu'il est toujours marié à Betty. Après une première nuit d'amour avec Jane, il écrit à sa femme une lettre touffue, dans laquelle il avoue sa relation adultère. Il a deux femmes, mais il aime chacune d'elles avec la même intensité. Pourra-t-elle le comprendre et accepter la bigamie ? À Newcastle, Betty tombe de haut. Elle fonce à Paris, pour découvrir qu'Alexander ne s'occupe en aucune façon de leurs deux filles. Il les a mises en pension dans une famille française non anglophone qui, de surcroît, les maltraite. Le mari volage se double d'un père indigne. Elle récupère sa progéniture. La rupture est consommée. Le divorce, lui, sera prononcé le 3 juin 1954.

Alex peut désormais à loisir frayer avec Jane Lougee. Il s'installe dans l'appartement de la jeune fille, rue Leconte-de-Lisle, près de l'église d'Auteuil, et s'emploie avec ardeur à faire naître la revue imaginée par Victor Miller. Or, le « businessman » brasse beaucoup d'air mais n'a pas un penny en poche. Comment achever *Manuscript*, qui prend forme envers et contre tout avec la complicité du poète australien Alan Riddell et du poète anglais Christopher Logue ? Alexander se tourne vers Jane Lougee. Elle paie déjà la pension alimentaire de Betty, mais accepte de vendre sa voiture pour financer le premier numéro de la revue. Celle-ci change de nom. Christopher Logue propose *Merlin*, en hommage à Ezra Pound[1].

1. « Par le dragon blanc, sous roc d'une tonne / Le père de Merlin n'est connu de personne. » Ezra Pound, *Les Cantos*,

Un jour de grande dépression, Logue envisage un suicide par noyade. Il prend un train pour Perpignan, puis gagne la plage du Canet, où il demeure longtemps prostré face au ressac. Soudain, une main protectrice se pose sur son épaule. C'est Alexander, qui l'a pisté depuis Paris et le sauve *in extremis*.

Une bande littéraire s'assemble autour de la figure charismatique de Trocchi. On y croise le poète anglais Henry Charles Hatcher, ainsi que les écrivains et poètes américains Austryn Wainhouse, Richard Seaver, Terry Southern, Mason Hoffenberg, ou Baird Bryant. Alfred Chester, George Plimpton et John Phillips Marquand se joignent par la suite à l'aventure, dont Jane Lougee est la cheville ouvrière. Si beaucoup d'entre eux ne sont encore en 1952 que des auteurs en devenir, certains sont déjà célèbres, à l'exemple de John Phillips Marquand, prix Pulitzer en 1938 pour son roman *Feu George Apley*. Le « siège » de la revue est situé dans l'arrière-boutique d'un magasin de souvenirs africains. C'est petit, mais c'est gratuit.

Le premier numéro de *Merlin, A Collection of Contemporary Writing*, sort le 15 mai 1952. Il est tiré à mille exemplaires. La revue trouve aussitôt son public. On l'achète à Londres, New York, Amsterdam.

---

traduction de J. Darras, Y. di Manno, Ph. Mikriammos, D. Roche et F. Sauzey, éditions Flammarion, Paris, 1986.

À Paris, elle est vendue à la criée par Colin Wilson, Kenneth White, Alan Sillitoe. À l'évidence, *Merlin* comble un vide. Il n'existait jusqu'ici aucun porte-voix diffusant la littérature des Anglo-Saxons de Paris. Au fil des numéros, les sommaires s'étoffent. Trocchi fait la connaissance de Jean-Paul Sartre, qui lui accorde de piocher librement dans *Les Temps Modernes*. Une belle faveur… Par l'intermédiaire de Richard Seaver, il rencontre Samuel Beckett. Celui-ci offre un texte à *Merlin*, qui sort dans le troisième numéro. Il y aura en tout huit numéros de la revue. La liste des contributeurs donne une sensation de vertige : Henry Miller, Eugène Ionesco, Jean-Paul Sartre, Jean Genet, Paul Éluard, Nazim Hikmet, Arthur Adamov, Pablo Neruda, Daniel Mauroc, Curzio Malaparte, ou Robert Creeley.

Trocchi ne tient pas en place. Il file à Majorque, où son ex-femme réside avec ses filles. Betty découvre quelques semaines plus tard qu'elle est enceinte d'un troisième enfant… Au passage, son ex-mari l'a initiée à la marijuana.

Merlin rencontre un succès international. Ce bel accueil pousse Alexander à échafauder en 1953 un projet de maison d'édition, ou à tout le moins de collection. C'est ici qu'entre en scène Maurice Girodias. Héritier de l'éditeur Jack Kahane, qui avait créé dans les années 1930 Obelisk Press, Maurice Girodias est américain par son père et français par sa mère. En 1953, il s'emploie justement à créer à Paris une maison d'édition anglophone visant à publier les auteurs sulfureux que la morale américaine réprouve. Il ne fait en réalité que marcher sur les traces de son père, qui avait naguère édité *Finnegans Wake* de James Joyce, *Sexus* et *Tropique du Capricorne* d'Henry Miller. Maurice Girodias sera à son tour l'éditeur de *Lolita* de Vladimir Nabokov, au grand dam des censeurs puritains.

Girodias a-t-il l'âme d'un éditeur ? Il se comporte avant tout comme un épicier qui tente par tous les moyens de récupérer, à bas prix, des écrivains prometteurs. Il édite un grand nombre de textes licencieux, érotiques ou carrément pornographiques. Qui lui rapportera le plus ? Henry Miller, ou un obscur pornographe ? Alexander Trocchi est séduit par ce personnage cynique qui ne s'intéresse à la littérature que si elle lui rapporte gros.

Toujours est-il que Girodias accepte de lancer une « Collection Merlin ». Trocchi devient, sous pseudonyme, un mercenaire de l'écrit, payé au mètre, un auteur de romans de gare érotiques. J'ai pu, au fil du temps, en récupérer quelques spécimens : *White Thighs* (Cuisses blanches), *Helen and Desire* (*Hélène et le Désir*) réédité sous le nom de *Sin City* (La ville du péché), *The Carnal Days of Helen Seferis* (Les jours charnels d'Helen Seferis), *What Frank Harris did not say…* (Ce que Frank Harris[1] n'a pas dit...), *Thongs* (Lanières), *School for Wives* (École des épouses) ou *School for Sin* (École du péché)... L'érotisme de Trocchi est constamment teinté d'un sadomasochisme diffus. Ce ne sont, au fil des pages, que femmes soumises, esclaves consentantes, maltraitées et violées, kidnappées, ligotées, enfermées, scarifiées, dans une perpétuelle ambiance de domination/soumission. Je ne voudrais pas toutefois réduire l'œuvre érotique de Trocchi à sa seule dimension alimentaire. Il y a, dans ces bouquins étonnamment bien écrits, une part de surréalisme qui déboule souvent sans crier gare. Je pense à une scène de *Thongs*, digne de Luis Buñuel, où une femme nue et crucifiée sur un promontoire au milieu du désert espagnol reçoit l'offrande de milliers de pèlerins qui viennent, tour à tour, lui lécher le pubis. Alexander traduira bien plus tard, du français vers l'anglais, *La Motocyclette*, d'André Pieyre de Mandiargues.

Un autre trait saillant de tous ses récits est le fait que le « héros » se montre parfaitement amoral. Le protagoniste de *White Thighs* n'hésite pas à tuer pour posséder une femme qu'il n'aime pas, sans jamais

---

1. L'écrivain et journaliste irlando-américain Frank Harris (1856-1931) est l'auteur d'une scandaleuse autobiographie, *My Life and Loves* (Ma vie et mes amours), qui contient la description détaillée de ses nombreux rapports sexuels. Alexander Trocchi en a écrit un complément imaginaire.

éprouver une once de remords. L'amour et la mort paraissent fusionner dans une quête de l'affranchissement de toute limite.

Trocchi n'est pas le seul tâcheron appointé à bas prix par Maurice Girodias. Au nombre des rédacteurs anonymes et classés X figurent Baird Bryant, Mason Hoffenberg, Christopher Logue, Iris Owens ou Terry Southern.

Quoi qu'il en soit, la très respectable « Collection Merlin » prend son envol en 1953, quand elle publie successivement *Watt* de Samuel Beckett, *Journal du voleur* de Jean Genet, puis réédite des livres de Guillaume Apollinaire, dont son chef-d'œuvre érotique : *Les Onze Mille Verges*. C'est un début prometteur.

Pourtant, Samuel Beckett n'est pas content. Il n'a jamais été payé pour *Watt* et son livre est truffé de coquilles. Pourquoi ne lui a-t-on jamais communiqué d'épreuves ? Alex n'ose pas lui avouer qu'Olympia Press a voulu faire l'économie d'un correcteur et que *Watt* a été publié par un éditeur qui n'avait même pas lu le manuscrit. Cela ne l'empêche pas de devenir l'assistant privilégié, l'homme à tout faire, le rabatteur de Maurice Girodias, qui paie ses collaborateurs en liquide, au gré d'une comptabilité opaque.

En parallèle, il se laisse porter par la vie, les rencontres et les amours fugaces. Cet homme n'a aucun plan de carrière, il privilégie la spontanéité. Il se drogue de plus en plus. Haschich, cocaïne. L'écriture forcenée de romans pornos finit par déteindre sur sa libido. Il envisage d'imiter ses personnages en donnant chair à ses fantasmes. Il fait l'amour à une prostituée devant Jane Lougee. Le but est de montrer à la jeune femme que le sexe n'existe qu'à un niveau inférieur, que la fornication n'a rien à voir avec l'amour et que la jalousie s'apparente à de la faiblesse. L'Américaine claque la porte de la chambre d'hôtel.

Le romancier persiste et signe. Il approche les maris et compagnons des femmes qu'il convoite et leur demande la permission de faire l'amour avec elles, pour des raisons « expérimentales ». Certains acceptent de « prêter » leur épouse. Il décide également de fonder une « école du sexe », visant à « dresser les femmes ». Quelques « élèves » participent à une soirée éducative, inspirée du roman de Pauline Réage *Histoire d'O*, dont Olympia Press publie une traduction anglaise en février 1954. Trocchi organise des parties fines, durant lesquelles on dit qu'il marque les femmes au fer rouge et les frappe avec une baguette de bois. Il se taille ainsi, dans la vie parisienne, la réputation d'un dragueur libertin.

Jane Lougee est profondément blessée par cette volonté nouvelle de dépasser le couple. Elle rentre aux États-Unis le 10 août 1954. Alex emménage dans un petit appartement de la rue Campagne-Première, en compagnie d'un Grec libertin nommé Kosta Alexopoulos. Les deux hommes construisent au centre de la pièce un lit gigantesque, destiné à la célébration du « viol de Winnie ». Winnie est une imposante femme noire américaine.

Jane ayant refait sa vie aux États-Unis, il se tourne à nouveau vers la mère de ses enfants, et la convainc de revenir à Paris. Elle accepte. Mais la magie n'opère plus et elle prend ses distances, tandis qu'Alexander continue d'explorer les limites de la dépravation.

Tout se complique quand Betty retombe enceinte. Elle se rend en Espagne pour avorter. Jane, de passage à Paris, renoue avec Alexander… j'ai l'impression d'assister à une pièce de Labiche ou Feydeau.

Qui va-t-il choisir ? Jane, ou Betty ? Il botte en touche et part assister aux corridas de Pampelune en compagnie de l'écrivain Iris Owens, qu'il courtise. Mais Iris refuse de céder à ses avances.

Jane Lougee repart aux États-Unis, où elle est victime d'un accident de voiture qui la force à rester alitée durant plusieurs semaines. Betty, elle, se résout à quitter pour de bon l'homme qu'elle semble encore aimer. Accompagnée de ses enfants, elle rejoint sa sœur à l'autre bout du monde, en Nouvelle-Zélande. À force de jouer avec les êtres comme on joue avec la vie, Alexander Trocchi se retrouve seul.

1954 constitue pour lui un tournant. S'il perd ses femmes, il rencontre le succès. Sous le pseudonyme de Frances Lengel, il sort chez Olympia Press un roman enfin « respectable », quoique irradié par une sourde sensualité, *Young Adam.* La structure narrative est proche de celle des romans érotiques qu'il a déjà publiés. L'auteur songeait-il, en l'écrivant, à *L'Homme sans qualités* de Robert Musil ? Son personnage est à nouveau un antihéros, un lâche et une crapule, ignorant toute éthique et toute limite. Le livre raconte l'histoire d'un marinier écossais qui assassine sa compagne de sang-froid avant d'assister au procès puis à l'exécution d'un innocent, père de deux enfants, que la justice croit coupable. Le protagoniste du *Jeune Adam* apparaît comme un être veule, torturé par le désir, sans foi ni loi. À aucun moment, il ne songe à se dénoncer. Il observe en revanche avec froideur l'erreur judiciaire et va jusqu'à assister en badaud à l'exécution d'un malheureux. Faut-il y voir une parabole ? Est-ce ainsi que le jeune Alexander se perçoit dans la vraie vie ? Lui qui défie les codes, ne cesse de transgresser les règles, se moque du bien et du mal.

Je me demande ce qui m'attire tant chez ce personnage irrésolu, qui est, malgré lui, l'auteur d'un livre décisif. *Le Jeune Adam*, c'est Alexander Trocchi… Le funambule aimerait défier la pesanteur et les dieux. Il me fait penser à la carte du Bateleur, dans le jeu du tarot. Il est l'insouciance incarnée. Mais l'insouciance est parfois meurtrière.

V

Au pays des merveilles du lettrisme

À Paris, en 1955, Alexander Trocchi se pique pour la première fois à l'héroïne. C'est le début d'un long et mortifère compagnonnage. L'héroïne est réputée pour isoler l'expérimentateur et l'abriter dans un cocon comparable au ventre maternel. À l'âge de quatre ans, Alexander s'était enfermé dans une caisse pour fuir le monde. L'héroïne, en un sens, recrée cette caisse…

La même année, l'auteur et éditeur s'agrège à une petite bande artistique, dont il est alors le seul Anglo-Saxon : l'Internationale lettriste. Les lettristes constituent alors une bande de joyeux farceurs qui, depuis dix ans, sème la zizanie dans les soirées huppées.

Tout démarre avec Isidore Isou, né le 29 janvier 1925 dans le village roumain de Botosani, sous le nom d'Isidore Goldstein. Ce jeune Rastignac a le culot qui m'a toujours manqué. C'est Solal dans *Belle du Seigneur* d'Albert Cohen. Beau, magnétique et imbu de sa personne. Juif réfugié, il débarque à Paris en août 1945 avec une ambition sans bornes. Quelques jours après son arrivée dans la capitale, il entre dans les bureaux de Gallimard, passe tous les barrages sans qu'on ose questionner un homme aussi sûr de lui, et s'introduit dans le bureau de Jean Paulhan, bien décidé à lui remettre un manuscrit en mains propres. Il n'y a personne, mais Isou n'est pas homme à se décourager. Il lance un nouvel assaut en se faisant passer, cette fois, pour un journaliste roumain. Et ça marche. Gaston Gallimard le reçoit, Isou se démasque et il faut croire que l'audace paie puisqu'il parvient à attendrir l'éditeur.

Chez Gallimard, il publie trois ouvrages : *Introduction à une nouvelle poésie et à une nouvelle musique* (1947), *L'Agrégation d'un nom et d'un messie* (1948), puis, beaucoup plus tard, *Œuvres de spectacle* (1964). Son complice des premiers jours se nomme Gabriel Pomerand. Il vient d'avoir dix-neuf ans et se déclare disciple de Lautréamont. Lui aussi est juif. Les deux hommes se sont connus dans une cantine destinée aux anciens déportés. En janvier 1946, Isou et Pomerand lancent un courant artistique et littéraire, qui prétend glorifier la lettre au détriment du sens. Sur-le-champ, Isou en devient l'inamovible grand maître et Pomerand l'indéfectible chambellan. Le Groupe lettriste est né.

Les comparses s'inscrivent *a priori* dans le sillage du dadaïsme et du surréalisme. Mais ils pratiquent surtout un constant éloge du vide qui ne manque pas de grandeur. Dans les réceptions chics, ils déclament des poèmes dits « phonatoires », à base de « crirythmes » tels que « Bibi baba bobo boum boum ». Ce sont des parasites mondains, des « nuiteux » qui s'introduisent dans les cocktails pour dévorer les petits-fours.

Isidore Isou règne en monarque sur cette petite assemblée qui fait semblant d'aduler le roitelet. Il sait manier le scandale avec suffisamment de doigté pour attirer l'attention des journalistes. Il connaît de médiatiques démêlés avec la justice à propos d'un roman prétendument « pornographique », sorte d'inventaire de ses expériences amoureuses, enrichi d'extraits d'un dictionnaire médical : *Isou ou la Mécanique des femmes*. À sa plus grande joie, on l'arrête pour offense aux bonnes mœurs. Plus on parle de lui, plus la cause progresse. Son groupe incarne la frange la plus excentrique d'un Saint-Germain-des-Prés en pleine folie. « Libération » : tel est le maître mot d'une jeunesse qui veut se défouler à l'extrême, pour contrebalancer les années d'occupation et leur cortège de privations. Isou et les siens s'inscrivent dans ce grand défoulement. Ils vont jusqu'à perturber en 1951 le festival de Cannes, présidé cette année-là par André Maurois.

Isidore Isou n'a pas été invité à Cannes. Qu'à cela ne tienne, il forcera l'entrée et imposera à la foule ébahie son film expérimental, *Traité de bave et d'éternité*, qu'il vient d'achever. Parmi les lettristes qui l'escortent sur la Croisette, on voit Marc'O, Gil Wolman, Jean-Louis Brau, Maurice Lemaître, sans oublier un spécialiste de la transe hurlée : François Dufrêne… Le débarquement de la bande parisienne fait la joie des échotiers. Assistera-t-on à un scandale drolatique et mémorable ? Durant plusieurs jours, les trublions contestent, revendiquent, protestent… et finissent par obtenir satisfaction. Le *Traité* est projeté hors festival au cinéma Le Vox, rue d'Antibes, le vendredi 20 avril 1951 au matin. C'est le dernier jour du raout cannois, mais mieux vaut tard que jamais. Un jury parallèle et sauvage est constitué pour l'occasion. Raf Vallone, Curzio Malaparte, Jean Cocteau… Le but est de décerner au « messie » un prix de l'Avant-Garde. Le cinéaste René Clément assiste à la projection, qui plonge la majeure partie du public dans la consternation. Le film a été réalisé à partir de « chutes » glanées au hasard et montées de manière aléatoire. L'accueil se révèle plus que mitigé. Surtout arrivé à la partie sans images. À peine les lumières se rallument-elles qu'une spécialiste du cinéma pour enfants, Sonika Bo, se lève, furieuse, et gifle Isou, lequel se tourne vers Jean Cocteau en l'implorant de prendre sa défense. Le poète reste coi. Comme tout le monde à Paris, il apprécie l'extravagance du leader lettriste. Isou lui demandera de dessiner l'affiche du film, quand celui-ci sera montré au Studio de l'Étoile pendant une brève période, du 25 janvier au 7 février 1952.

Au Vox, un jeune étudiant qui vit à Cannes et vient de passer le bac goûte avec délice les provocations lettristes. Il s'appelle Guy Debord et c'est ici que l'histoire nous intéresse. Sa rencontre avec Marc'O, Maurice Lemaître et les autres, est décisive. Guy Debord devient l'un des plus jeunes lettristes. Comme ils affectionnent les prénoms composés, Isidore Isou se faisant appeler Jean-Isidore Isou, on le baptise Guy-Ernest Debord. Ses camarades l'ignorent, mais ils ont introduit le loup dans la bergerie.

À l'automne, le bachelier s'installe à Paris, soi-disant pour faire des études. S'il fait mine de s'insérer docilement dans la movida du Groupe lettriste, il se lasse rapidement du folklore permanent. Rien de plus convenu, au fond, que ces scandales dérisoires, qui ne scandalisent plus personne. C'est la limite de l'exercice. Les gugusses lettristes ne font que divertir la jet-set.

Debord ne l'entend pas de cette oreille. Il a l'âme d'un chef. Il réunit une petite bande dont font partie Serge Berna, Jean-Louis Brau et Gil Wolman. Dès juin 1952, les conjurés animent une tendance « secrète », qui prend le nom pompeux de « l'Internationale lettriste ». Le messie Isou est symboliquement déboulonné par la jeune garde.

Aussitôt, le message se radicalise. Guy Debord et les siens entreprennent de théoriser « la révolution de la vie quotidienne ». Il s'agit d'achever la révolution de l'art démarrée avec Dada en 1916. L'entreprise lettriste revue et corrigée par Guy Debord consiste en un éloge de la « vraie vie ». Il faut vivre chaque instant comme s'il s'agissait du dernier. Un vitalisme qui contraste avec le simple éloge de la lettre formulé par Isou.

Alexander Trocchi fait la connaissance de Guy Debord à Paris en décembre 1954. Il est impressionné par l'intelligence et la vivacité du jeune Français. En 1955, Guy-Ernest lui ouvre la porte de l'Internationale lettriste, mais la barre est haute. Pour intégrer le saint des saints, Alex doit abandonner toute forme d'ambition. Il lui faut rompre avec *Merlin* et Girodias, cesser de hanter le Paris des écrivains, bref jeter aux orties sa vie antérieure.

À ce point du récit, je m'interroge. Comment un homme aussi libre, aussi fier que Trocchi peut-il se plier à l'oukaze ? Est-ce une forme de masochisme ? Ou considère-t-il l'aventure lettriste comme un jeu supplémentaire ? Il adhère pleinement aux exigences de Debord. Il éprouve le sentiment d'entrer dans un cénacle fermé, presque clandestin, qui n'admet pas l'existence d'un monde parallèle. Dans une lettre envoyée à son frère durant l'automne 1955, il expose sans fard ses nouvelles convictions : « Je rejette l'ensemble du système... La réponse est RÉVOLUTION. Non pas dans le sens objectif, idéaliste, mais là, dans le cœur de chaque homme... une nouvelle attitude. La révolution a déjà éclaté en moi. Je suis en dehors de votre monde et ne suis plus gouverné par vos lois. » On dirait un converti qui vient d'embrasser une religion nouvelle. Debord est quelqu'un de persuasif.

Je suis frappé par les ressemblances entre Debord et Trocchi. Trocchi est né en 1925, Debord en 1931. Tous deux jouent de leur charme et se montrent de redoutables enjôleurs. Ils ont du talent. Ils imposent à leurs compagnes des amours multiples. Trocchi se prend de passion pour Debord, qu'il perçoit comme un mentor, un modèle et un ami à qui l'on peut tout dire. Debord « l'ami véritable » l'entraîne dans son sillage complice.

Lorsque j'écrivais *Vie et Mort de Guy Debord*[1], j'ai rencontré un grand nombre de témoins qui avaient croisé Debord et ses amis. Je n'oublie pas cette confidence d'un ancien membre du groupe ultra-gauche Socialisme ou Barbarie, Sébastien de Diesbach, pour qui les lettristes « étaient extrêmement mystérieux, tout de noir vêtus ». Ces amis de Debord en imposent avec

1. *Vie et Mort de Guy Debord*, éditions Plon, Paris, 1999.

leurs mines de conspirateurs et leurs vêtements noirs. Ils sont jeunes, beaux, libertins, drôles et méchants. Alexander aime à s'encanailler en leur compagnie. Il se lie surtout avec l'Algérien Mohamed Dahou que tout le monde appelle Midhou. L'un et l'autre apprécient le bon haschich. La drogue crée des connivences.

L'Internationale lettriste édite une feuille confidentielle nommée *Potlatch*. Dans le numéro 23, en date du 13 octobre 1955, je repère un court article nommé « Vite fait » : « Alexander Trocchi, jusqu'à ce jour rédacteur en chef de la revue d'avant-garde anglo-américaine *Merlin*, vient de démissionner de ce poste, pour affirmer son adhésion au programme de l'Internationale lettriste. Il a immédiatement mis tous ses amis en demeure de choisir, et a procédé fermement aux nombreuses ruptures qui s'imposaient. »

En réalité, l'Écossais de Paris joue double jeu. Il maintient ses activités littéraires en les dissimulant du mieux qu'il peut à son maître jaloux. Il garde son métier lucratif de pornographe sous pseudonyme, en rédigeant pléthore de romans lestes et signe même un contrat avec la prestigieuse agence littéraire William Morris, basée à New York, pour trois livres « respectables » à paraître. Il quitte ainsi le sillage de Maurice Girodias, qui n'en demeure pas moins le détenteur des droits de ses nombreux textes érotiques, ainsi que du *Jeune Adam*.

L'année 1955 est une année de voyages : Luxembourg, Hollande, Italie, Espagne, Yougoslavie, Grèce, avant de se poser à Londres en décembre où il accueille Guy Debord pendant quelques jours. Trocchi mène comme à l'accoutumée une vie de patachon, rythmée par les fêtes et les mondanités. Sa nouvelle conquête se prénomme Janet mais la romance se clôt par un avortement. Il émigre aux États-Unis le 30 avril 1956.

VI

La vie est un western

Alexander semble vouloir tourner une page. Il débarque en solitaire à New York avec un statut d'immigrant. Il rêve de démarrer une vie nouvelle, une vie de « vrai » auteur. Sur son visa d'immigrant, à la rubrique « profession », il inscrit « écrivain ». Il entend mener une existence d'écriture, de pure écriture.

À son arrivée sur l'île de Manhattan, il est accueilli par Jane Lougee, qui édicte des règles nouvelles. C'est uniquement en ami qu'elle l'autorise à loger provisoirement chez elle.

Alexander Trocchi se mêle à la « bohème » new-yorkaise. Il y croise nombre d'Américains déjà fréquentés à Paris. Il s'acoquine en particulier avec l'équipe de la *Paris Review*. Fondée en 1953 par les écrivains « expats » Harold Humes, Peter Matthiessen et George

Plimpton, *The Paris Review* s'était imposée comme une rivale de *Merlin*.

Pigiste new-yorkais dans les colonnes de la *Paris Review*, il se met aussitôt à dos une partie de l'équipe en s'affichant comme un défenseur public de l'usage des drogues. C'est toute l'ambivalence du personnage. Il émigre aux États-Unis dans le but de conquérir le monde des lettres et se tire une balle dans le pied dès son arrivée. Se droguer est une chose. Clamer à tout vent qu'on se drogue en est une autre…

Il lui faut un emploi stable. Une rencontre fortuite avec un Écossais de Glasgow l'amène à devenir capitaine de chaland sur l'Hudson River. Il se retrouve à la tête d'une barge longue et plate, qui sert à effectuer des livraisons de matériel et de minerais. Une fois de plus, il marche sur les traces de l'anti-héros du *Jeune Adam*, qui officiait sur une péniche. Est-ce pour abolir la frontière invisible qui sépare la fiction de la réalité ? Ou s'identifie-t-il au personnage abject et lâche de son livre ?

Il fait embaucher ses copains Mel Sabre et Mason Hoffenberg. Tous deux sont des consommateurs d'héroïne. Il hante les bars de Greenwich Village, principalement le Cedar Bar et la White Horse Tavern. Dans ce quartier de Manhattan plein d'artistes non conformistes et de personnages exubérants, que l'on désigne déjà comme des « hipsters », il réinvente à sa façon Saint-Germain-des-Prés. Libertin impénitent, il séduit la femme de son ami Mel Sabre. Celle-ci arbore une jambe de bois. Infirmité qui, loin de le rebuter, l'excite encore davantage. Il expérimente l'homosexualité, et se définit comme « omnisexuel ».

Durant une *party* donnée à Greenwich Village, il fait la connaissance d'une ravissante jeune femme blonde de vingt et un ans : Marilyn Rose Hicks. Lyn est d'origine petite-bourgeoise. Elle a grandi à Hicksville, dont elle est devenue la « Miss », et travaille comme secrétaire de direction dans un magazine qui porte sur le monde de la publicité : *Printer's Ink*. Pourquoi s'entiche-t-elle de Trocchi ? Celui-ci devient son ange noir. Il s'emploie à l'entraîner vers les bas-fonds. Cet amour naissant ne l'empêche pas de faire la cour à Jane Lougee, qui ne fléchit toujours pas.

Il finit par abandonner les barges flottantes. Six ans plus tôt, il avait sillonné la France avec Betty et ses deux filles. Cette fois, il rêve d'un *road trip* à travers l'Amérique. Lyn et Alexander traversent la Virginie, le Kentucky, le Tennessee, puis le Texas, avant de franchir la frontière du Mexique. Dans l'euphorie, Alex épouse Lyn à Tijuana le 13 août 1957. Un mariage express, avec deux témoins mexicains loués pour l'occasion… Les jeunes mariés séjournent au Mexique une dizaine de jours. Alex en profite pour essayer la mescaline et le peyotl. De retour aux États-Unis, les Trocchi s'installent à Venice, un joli quartier de Los Angeles, connu pour ses canaux et ses artistes.

Âgé de trente-deux ans, auteur d'une douzaine de livres, dont un seul « sérieux », et d'une multitude d'articles littéraires, Alexander fait belle figure dans le paysage de la côte Ouest. À Venice, il fréquente les écrivains « beat » Michael McClure, Gregory Corso, Gary Snyder, Neal Cassidy, Jack Kerouac, ou Ken Kesey, sans oublier un jeune étudiant fasciné par son style : Jim Morrison.

Est-il brillant, Trocchi ? Charmant, surtout. Il en impose par son bagout, sa culture et son talent. Mais il crève la dalle et habite avec Lyn un immeuble délabré près de la plage. Son appartement minable devient pourtant un lieu de passage, un salon où l'on cause, où l'on baise, où l'on fume, où l'on visite le cosmos. Les drogues y circulent plus que librement. Il a peint sur les murs des signes astrologiques, ainsi que des lettres grecques. Les livres, les papiers s'entassent, le désordre est indescriptible et les cafards sont rois.

VII

Le plus situationniste de tous

L'Internationale situationniste surgit pendant l'été 1957, dans un village pittoresque et pentu d'Italie, à quelques kilomètres de la frontière française. La bourgade se nomme Cosio d'Arroscia. Le peintre Piero Simondo y possède une maison de famille, qui devient pendant quelques jours un mini-palais des congrès. Il n'y a que huit participants à la conférence fondatrice. Ralph Rumney représente à lui seul tout le Comité psychogéographique de Londres qui s'appuie sur une audacieuse théorie de la dérive. Comment libérer sa créativité ? En dérivant au hasard, de rue en avenue, de rade en rade…

Les plasticiens Asger Jorn, Giuseppe Pinot-Gallizio, Elena Verrone, Piero Simondo et le musicien Walter Olmo constituent l'importante délégation du très éphémère « Mouvement international pour un Bauhaus imaginiste ». Quant à l'essayiste et cinéaste Guy Debord, il représente, avec sa femme Michèle Bernstein, l'Internationale lettriste. Mais derrière ce petit jeu de représentations se dissimule une réalité limpide. Le chef, c'est Debord, et tout a été décidé par avance.

Le 27 juillet 1957, l'assemblée, qui oscille entre le sérieux des débats et le délire des libations, vote sans surprise la création d'une « Internationale situationniste », qui vient en quelque sorte se substituer à l'Internationale lettriste. Les situationnistes ne font en somme que prolonger la démarche de cette dernière. Il s'agit de transmuer sa propre vie en une œuvre artistique. Les situationnistes sont des « aventuriers du quotidien ». Guy Debord les désigne comme des « révolutionnaires professionnels dans la culture ».

Alexander Trocchi n'a pas participé à la réunion fondatrice. Mais Guy Debord perçoit l'écrivain écossais comme l'archétype du situationniste accompli. Il le tient pour un membre à part entière de l'Internationale situationniste. Drogué, amoral et révolté, il correspond au schéma implicite établi par le leader.

Cependant, Trocchi est toujours dans la panade. Les rares sommes qu'il touche servent à l'achat compulsif d'héroïne. Lyn demeure une disciple fidèle. Elle tente, en vain, de décrocher un emploi de barmaid. Que faire ? Ne pas avoir d'argent aux États-Unis, c'est le stade ultime de la déchéance. Lyn et Alexander jettent l'éponge. Adieu, la Cité des anges et le mirage californien. Le couple met le cap sur la cité des casinos en avril 1958 et tente sa chance à Las Vegas.

Hélas, Trocchi ne décroche pas la timbale et le désespoir emporte tout. Lyn est une très belle jeune femme, grande et gracile, avec un visage d'ange, encore marqué par l'enfance. À la demande d'Alexander, elle accepte de faire le trottoir. Et les clients défilent. Alexander Trocchi descend les marches et Lyn le suit docilement. Il n'éprouve aucun état d'âme à jouer à Vegas le rôle du maquereau, ce qui me rappelle un autre souteneur, qu'il a connu à Paris et qui fréquentait en comparse de beuverie la bande des lettristes : Ghislain Desnoyers de Marbaix. Cet homme d'une force prodigieuse prostituait sa femme au vu et au su de tous. Guy Debord ne s'en était pas formalisé. Quand Marbaix ouvrit un bar au 31, rue Jussieu, Debord en trouva le nom, « L'homme de main », puis en conçut l'affiche publicitaire.

Le dossier d'Alexander s'aggrave. Pourquoi Lyn choisit-elle cette voie d'avilissement ? Elle demeure amoureuse de son antihéros, ennemi juré, dit-il, de toute loi. La libération sexuelle et le projet situationniste passaient-ils par la prostitution des femmes ?

Les amants drogués et ruinés retournent à New York en août 1958, comme on s'accroche à une ultime bouée. Lyn tombe enceinte. Il faut décidément se poser, s'installer dans un local salubre, bref devenir pragmatique. Dans une lettre à son ami Terry Southern, datée du 20 août 1958, Alexander explique qu'il souhaite profiter du retour à New York pour se faire enregistrer officiellement auprès de l'administration comme « drogué », ce qui lui permettra, pense-t-il, de recevoir gratuitement des doses de méthadone.

Le duo récupère, sur la 23e Rue Ouest, un loft laissé vacant par le réalisateur Al Avakian et l'acteur John Welsh, qui viennent de rompre. Sitôt débarqué, Alexander se mêle aux festivités new-yorkaises. Il ne rate aucune *party* qui compte. Il apparaît notamment en tant que témoin de la mariée, lors des somptueuses épousailles de Jane Lougee et Baird Bryant, célébrées avec faste au City Hall de Broadway.

Le 2 octobre 1958, Lyn met au monde un petit Mark Alexander Trocchi, dit Marcus. Le tourbillon les aspire à nouveau vers le haut…

Alexander consent à écrire pour des raisons alimentaires. Un article de référence sur George Orwell, publié dans l'*Evergreen Review*. Des critiques littéraires pour le magazine *Nugget*. Il s'attelle aussi à la traduction en anglais d'un roman autobiographique et sulfureux de mille pages écrit par Jean Douassot : *La Gana*. Le roman est sorti en janvier 1958 aux Éditions Julliard. Hélas, il n'achèvera la traduction… qu'en 1974. Bref, il est plus que jamais un mercenaire de la plume.

Grâce à son ami Richard Seaver, connu au temps de *Merlin*, Alexander signe chez Grove Press un contrat plutôt juteux pour un nouveau roman, qu'il écrit par à-coups depuis quelques années : *Cain's Book*. Grove Press n'est pas n'importe quel éditeur. Cette maison new-yorkaise s'emploie à défendre et promouvoir la jeune génération des auteurs beat. Sur la côte Ouest, City Lights de Lawrence Ferlinghetti occupe le même créneau. Le fondateur de Grove Press, Barney Rosset, a signé sans barguigner sur la foi des quarante premières pages. Alex achève d'écrire son roman en août 1959.

La relation qu'il entretient avec la littérature est complexe. Se rêve-t-il en écrivain choyé et reconnu ? Il se fait en parallèle l'élève de Guy Debord, qui s'affirme comme le promoteur en littérature du « détournement ». Un joli mot pour désigner le plagiat : la propriété littéraire n'existe pas, et chaque auteur peut librement « détourner », c'est-à-dire s'approprier, les œuvres des autres[1]. Traduisant *La Gana*, Trocchi en réécrit sans vergogne certains passages. Il publie des poèmes faussement attribués à la poétesse Sappho (620-570 avant J.-C.). *The Autobiography of a Strange Woman* se veut la traduction d'un texte en latin médiéval. C'est

1. Quand il sera lui-même publié, Guy Debord changera d'avis. Il engagera divers avocats, tels Georges Kiejman et Thierry Lévy, pour veiller jalousement sur ses textes et ses droits d'auteur.

un faux littéraire qui sort sous le titre de *I, Sappho of Lesbos*. Trocchi dans la préface se fait passer pour un érudit ayant décidé d'éditer des pièces rarissimes de Sappho, qu'on aurait exhumées sur l'île de Majorque. L'ouvrage frelaté se vend bien. Devenu expert en érotisme lesbien, Trocchi s'affirme comme un prince de la contrefaçon. Le livre est publié par Castle Books, une maison adepte des reprints sans l'autorisation des auteurs. Devenu salarié régulier de l'éditeur, il multiplie les faux, invente des écrivains factices et se joue de la législation sur le droit d'auteur. Détail amusant : tandis qu'il travaille pour Castle Books, il découvre un jour que l'éditeur a sorti une version pirate de son propre texte érotique *Helen and Desire*, publié sous le pseudonyme de Frances Lengel. Le livre se nomme *Angela*, et il est signé… Jean Blanche. L'escroc a été escroqué. Il ne s'en formalise pas.

VIII

Je prends de l'héroïne et j'en suis fier

L'artiste est plus que jamais soumis à la dope. Il ne cesse de « taper » ses amis fortunés, en les suppliant de l'aider à « payer le loyer ». Ceux qui acceptent de sortir leur portefeuille ne font que subventionner l'achat des doses. Quand l'argent manque, Lyn descend dans la rue.

Le Livre de Caïn sort le 25 avril 1960 aux États-Unis. Il s'agit, à bien des égards, d'une autofiction, puisqu'on y lit le quotidien d'un capitaine de chaland, par ailleurs séducteur à la dérive. Dès les premières lignes, le ton est donné : « Il y a une demi-heure, je me suis envoyé une bulle. J'ai déposé l'aiguille et le compte-gouttes dans un verre d'eau froide, et me suis allongé sur la couchette. Ma tête s'est aussitôt mise à tourner. C'est de la bonne came, pas comme celle que nous avons eue ces temps-ci. » Le roman est une ode à la drogue et une incitation ouverte à la prise d'héroïne. L'usage des stupéfiants est scandaleux et réprimé à l'orée des années 1960. Trocchi s'inscrit toutefois dans un mouvement d'ensemble. En 1963, Allen Ginsberg et William Burroughs sortiront *Les Lettres du Yage*. En 1964 paraîtra *Last Exit to Brooklyn* d'Hubert Selby. La drogue devient tendance. Les junks feront du morceau *Heroin* du Velvet Underground composé par Lou Reed leur étendard. La drogue sera transgressive et subversive, le drogué héroïque : « Quand l'aiguille entre dans ma veine, je me sens comme Jésus-Christ », chantera le Velvet Underground.

L'époque exhibe un double visage : une face solaire et bon enfant incarnée par la marijuana, et une face sombre – celle de l'héroïne. L'auteur du *Livre de Caïn* a opté pour l'œuvre au noir. Sans être un best-seller, l'édition originale du roman atteint tout de même les quinze mille exemplaires.

L'héroïne ou « la horse », comme disent les Français, l'envoie au paradis et fait de sa vie un enfer. Trocchi commence à dealer dans les rues new-yorkaises. Il ne manque ni d'audace ni de panache. Son stratagème est le suivant : il se déplace avec un pupitre portatif sur lequel est posée une Bible ouverte. Dès que la police se pointe, le vendeur de substances se transforme en un prêcheur inspiré, déclamant à voix haute quelques versets choisis. Il s'improvise en un très écossais « révérend Bowleggeds, de Grundy ». Mais la police n'est pas dupe. Il est arrêté à plusieurs reprises et son domicile est perquisitionné.

Sur un mode plus onirique, il ouvre dans le Lower East Side une très spéciale « Université méthadone », avec des ateliers psychédéliques durant lesquels des drogués peignent, avec force couleurs et maints motifs orientaux, des morceaux de bois, ou des objets ramassés par terre. Alex prise cet artisanat. Il appelle les objets en question des « futiquités », c'est-à-dire des « antiquités du futur ».

Par une froide nuit, Alex Trocchi prend le métro jusque dans le Bronx pour aller chercher sa dose auprès d'un dealer qu'il ne connaît pas, un élégant Porto-Ricain nommé Wolfie. Or Wolfie est activement surveillé par la police, laquelle lui tend une souricière. L'acheteur et le dealer sont cueillis en flagrant délit. L'écrivain se retrouve en cellule. De lourdes charges pèsent sur lui. Doit-on le tenir pour un simple client, ce qui en soi est déjà répréhensible, ou pour un complice de Wolfie, donc un trafiquant ?

À Paris, Guy Debord n'a pas rompu le contact avec celui qu'il tient pour le plus situationniste de tous les situationnistes. Dans une lettre adressée à l'ancien lettriste Patrick Straram le 10 octobre 1960, il se montre très renseigné sur l'affaire : « Les flics l'ont ramassé alors qu'il venait d'acheter de l'héroïne : il avait sur lui de la cocaïne et de la marijuana. L'accusation de trafic tombe, me dit-on, puisqu'on ne peut produire un seul acheteur. Mais pour la consommation, il risquerait deux ans. Il est à Sing-Sing[1]. »

Debord grossit le trait. Trocchi n'est resté en cellule que quelques heures, au commissariat du Bronx. Ne le voyant pas revenir, Lyn a contacté leur ami, l'écrivain George Plimpton, qui s'est immédiatement rendu au palais de Justice pour payer la caution. Craignant une perquisition policière, Lyn panique. Elle cache la seringue du couple dans une couche qu'elle jette dans les toilettes sans tirer la chasse, dans le dessein de la récupérer ultérieurement… Apparaissant dans l'affaire comme un consommateur, Trocchi ne risque qu'une simple amende. Guy Debord le soutient. Tandis que le créateur écossais se laisse plus que jamais éblouir par la « lumière blanche/chaleur blanche[2] » chantée par le Velvet Underground, l'Internationale situationniste se mobilise en sa faveur. Une conférence de l'IS, réunie à Londres du 24 au 28 septembre 1960, décrète le lancement d'une campagne internationale de soutien à Alexander Trocchi : « La Conférence DÉCLARE que Trocchi ne peut en aucun cas être impliqué dans un

1. *Correspondance (septembre 1960-décembre 1964)*, Librairie Arthème Fayard, Paris, 2001.

2. The Velvet Underground, *White Light/White Heat*.

trafic de drogue – il s'agit clairement d'une provocation policière par laquelle les situationnistes ne se laisseront pas intimider ; AFFIRME que le fait de consommer de la drogue est sans importance [...]. » Un tract en anglais est diffusé à Londres : *Hands off Alexander Trocchi* (Bas les pattes devant Alexander Trocchi). Le libelle est signé par Guy Debord, le peintre danois Asger Jorn et la jeune plasticienne hollandaise Jacqueline de Jong. La conférence vote, à l'initiative du groupe de plasticiens allemands *Spur* (La trace), une « résolution sur la folie » : « [...] Aussi longtemps que la société dans son ensemble sera folle, nous nous refuserons, en toutes circonstances, à laisser qualifier de folie le comportement des hommes qui veulent changer la société. » Le 28 septembre au soir, le conclave se clôt par une rencontre publique à l'Institute of Contemporary Arts où le peintre belge Maurice Wyckaert lit, en anglais, le texte du communiqué de soutien. À la demande de Guy Debord, il intervient par la suite auprès de Henry Miller pour lui demander de venir en aide à l'ami embastillé.

Ce n'est pas la première fois que l'Internationale situationniste s'engage dans la défense d'un cas « limite ». En juin 1958, un jeune peintre italien et inconnu nommé Nunzio Van Guglielmi avait attaqué à coups de marteau un tableau de Raphaël, *Le Mariage de la Vierge*, exposé à la Pinacothèque de Brera. Il y avait apposé une affichette sur laquelle on pouvait lire : « Vive la révolution italienne ! Dehors le gouvernement clérical ! » Pris sur le fait, il avait été interné d'urgence à l'hôpital psychiatrique de Milan. Dès le 4 juillet, les situationnistes italiens lui apportaient leur soutien dans un tract : *Difendete la liberta ovunque* (Défendez la liberté partout). Quelques jours plus tard, le Danois Asger Jorn renchérissait par un nouveau tract, rédigé en français : *Au secours de Van Guglielmi !* Il y défendait le vandalisme : « Les raisons de Guglielmi se trouvent au cœur de l'art moderne, à partir du Futurisme, jusqu'à nos jours. » Détruire une œuvre d'art, ou essayer de le faire, était un acte situationniste.

En novembre 1960, les amis de Guy Debord, réunis cette fois à Bruxelles, décident de mettre en chantier une revue anglophone, *The Situationist Times*, dont la rédaction en chef est confiée, de concert, à Jacqueline de Jong et Alexander Trocchi, pour la simple raison que l'une et l'autre parlent anglais. Mais l'Écossais expatrié ne semble guère s'intéresser aux savants textes théoriques que Debord lui demande de traduire. Jacqueline de Jong se lance finalement en solitaire. La magnifique revue, axée sur les avant-gardes, paraîtra jusqu'en 1967, sans l'*imprimatur* de Guy Debord et avec la complicité de Noël Arnaud, Pierre Alechinsky, Asger Jorn, Boris Vian ou Roland Topor.

Alex est encore et toujours à court d'argent. Le couple est forcé de déménager pour une masure située dans le New Jersey. Lyn, jeune maman, entre à son tour dans le cycle infernal de l'héroïne. Les injections quotidiennes et répétées la plongent dans une succession d'états catatoniques et hallucinatoires. Elle s'imagine recouverte d'insectes et perd tout sentiment maternel, de sorte que le petit Marcus est livré à lui-même et abandonné dans l'appartement vide.

C'est alors qu'il récidive, en livrant de la drogue à une fille de seize ans. Deux détectives le coincent, dégainent et le mettent en joue. Il atterrit en cellule, et cette fois c'est du sérieux : vendre de la drogue à une mineure est passible à New York de la peine de mort. George Plimpton se montre décidément un ami généreux. Il accepte à nouveau de payer la caution, qui s'élève à cinq mille dollars. Trocchi recouvre la liberté conditionnelle, même s'il est suivi, épié, vingt-quatre heures sur vingt-quatre. Dans l'attente de son procès, on pourrait croire qu'il garderait profil bas et peaufinerait sa défense, mais ses démons continuent de l'égarer. Il accepte de se laisser filmer par le journaliste Chet Huntley, de NBC News. L'émission passe à une heure de grande écoute. Sollicité par le journaliste, il extrait de sa poche une seringue et se pique devant la caméra en expliquant doctement le sens de chacun de ses gestes : « Prendre de l'héroïne n'est pas plus dramatique que de boire un verre de whisky », conclut-il. Cet acte médiatique et scandaleux enclenche un processus irréversible. Alexander Trocchi devient l'ennemi public numéro un de l'Amérique bien-pensante. On lui crache au visage dans la rue. On l'insulte. Il récolte ce qu'il a semé. Il est l'incarnation satanique de la dépravation.

Les parents de Lyn s'inquiètent pour leur fille. Ils engagent un avocat pour tenter d'annuler le mariage conclu à Tijuana. Alexander et Lyn, flanqués de leur fils Marcus, prennent le train pour Hicksville, dans le dessein de convaincre les parents de renoncer à la procédure. La journée se passe plutôt bien. Alexander est un grand charmeur qui sait rassurer. Mais à l'heure de repartir, il craque et se pique sur le quai même de la gare de Hicksville, en attendant le train pour New York. Or il est toujours surveillé par le FBI. Une escouade intervient avec brutalité. Lyn est menottée dans le dos, on lui prend son enfant. Trocchi a plus de chance. Il parvient à s'enfuir en grimpant dans la rame qui démarre. Arrivé à la gare de New York, il se fond dans la foule très dense. Il se cache durant trois jours dans la librairie Phoenix de Larry Wallrich, sur Cornelia Street. Il y passe ses appels téléphoniques et reçoit la visite de diverses connaissances, dont la poétesse Diane di Prima et le sociologue Ned Polsky, qu'il a connu au Mexique. Il est forcé de se piquer dans le torse tellement les veines de ses bras sont abîmées. Les amis des amis sont à nouveau mis à contribution. Baird Bryant offre son passeport, George Plimpton le rhabille. Norman Mailer donne de l'argent. Trocchi a le chic pour s'entourer d'amis riches, célèbres et souvent talentueux, qui l'admirent et sont toujours prêts à le sortir de la mouise.

Il grimpe dans un bus. Direction : les chutes du Niagara. Déguisé en touriste, il réussit à franchir la frontière américano-canadienne avec le passeport de Baird Bryant, qui lui ressemble vaguement. Guidé par la Providence des drogués, il parvient, de bus en bus, jusqu'à la gare routière de Montréal, où il est réceptionné par un jeune poète canadien. Ce bon ange se nomme Leonard Cohen. Il est encore parfaitement inconnu. À peine Alexander a-t-il déposé son maigre bagage qu'il se pique sous les yeux d'un Leonard Cohen médusé. Aimerait-il goûter à l'opium ? Ignorant tout ou presque des paradis artificiels, Cohen accepte. Sur le coup, il n'éprouve rien. Ce n'est que plusieurs heures plus tard qu'il s'évanouit en pleine rue après avoir perdu momentanément la vue. Plus de peur que de mal, mais il n'est pas près d'oublier sa première rencontre avec Alex Trocchi. Pendant quatre jours, il l'héberge et le nourrit dans son petit appartement de Mountain Street. Leonard Cohen écrira un poème[1]

1. Ce poème figure dans le recueil *Flowers for Hitler*, McClelland & Stewart, Montréal, 1964.

dont le premier vers est : « Trocchi, public junkie, prié (*sic*) pour nous. »

Par l'entremise de Leonard Cohen et de son ami proche le poète Irving Layton, le fuyard embarque enfin sur un cargo à destination d'Aberdeen. Fin du rêve américain. Il abandonne sa femme qu'il a droguée et prostituée, son fils qu'il a négligé, ses amis qu'il a exploités, et ses livres qu'il a oublié d'écrire… La drogue, elle, l'escorte avec constance sur le navire et jusqu'en Europe.

IX

Vers l'insurrection invisible

Retour à la case départ. Le fuyard s'arrête quelques jours à Glasgow, puis gagne l'île de Man, où résident maintenant Betty et ses enfants. Il se rend à Londres, puis à Paris, où Guy Debord le reçoit durant l'été. Trocchi expédie tous azimuts des lettres alarmistes par lesquelles il tente d'obtenir de ses amis et connaissances déjà pressurés une énième aide pécuniaire. Lyn se trouve en effet dans une situation catastrophique. Contrairement à Alexander, elle n'a pas su échapper aux griffes du FBI. Incapable de payer la caution, elle croupit en prison durant plusieurs semaines. Lorsqu'elle finit par obtenir une libération provisoire, elle retourne dans le Connecticut, chez ses parents qui parviennent à la sevrer. Ils refusent tout contact avec le toxicomane. Ses lettres lui sont retournées. L'écrivain déchu, dont la peau est devenue grise, s'adresse alors à son ami new-yorkais Ned Polsky. Il lui envoie un paquet postal, en lui demandant de le transmettre à Lyn. Le colis paraît toutefois si suspect que Polsky l'ouvre pour découvrir avec effroi qu'il contient des doses d'héroïne destinées à la malheureuse Lyn. Le bourreau ne lâche pas sa victime.

Un ange très miséricordieux veille pourtant sur Alexander. Tandis qu'il cherche frénétiquement un fix dans les rues de Londres et de Paris, il apprend que son livre *Le Jeune Adam* intéresse un producteur américain, qui lui fait miroiter une juteuse avance. Hélas, on lui demande de modifier le dénouement. Dans la trame originelle, le « héros » assassin assiste au procès, puis à l'exécution, d'un homme innocent. « C'est immoral », clame le producteur Don Getz. Il faut que le personnage se fasse cueillir *in extremis* par la police. La négociation s'enlise.

Le roman est réédité par John Calder et rencontre un beau succès critique en Grande-Bretagne. Trocchi découvre que la presse britannique le compare à Anton Tchekhov, Albert Camus ou Georges Simenon. Un producteur et scénariste américain basé à Hollywood, Philip Yordan, envisage d'adapter le livre sans en changer la fin. Cette fois, un contrat est signé. La réalisation sera confiée à l'acteur et producteur Mickey Knox. Mais Philip Yordan se fait de plus en plus fuyant. Le projet tombe à l'eau.

N'ayant pas les moyens de vivre à Londres, l'écrivain retourne sur l'île de Man, non loin de Betty. Il obtient à grand-peine que Lyn et le petit Marcus le rejoignent. Un pâle soleil pointe à nouveau.

Alexander Trocchi se mue alors en essayiste. Il publie en juin 1962, à Édimbourg, dans la *New Satire Review* un texte intitulé : « L'insurrection invisible d'un million d'esprits ». Ce court manifeste se place incontestablement dans la filiation situationniste. « Nous ne sommes pas désireux de nous emparer de l'État, comme Trotski et Lénine, mais de nous emparer du monde, passage nécessairement plus complexe, plus général, et aussi plus graduel, moins spectaculaire. » Sans la nommer, Alexander Trocchi imagine de faire émerger une « contre-culture », populaire, subversive et parallèle. Guy Debord approuve le manifeste, qui est traduit, sans commentaire critique, dans le n° 8 de la revue *Internationale situationniste*, en janvier 1963. Il en a changé le titre. Dans sa version française, l'article se nomme : « Technique du coup du monde ». Trocchi est plus que jamais un situationniste actif. Lors de la conférence d'Anvers, qui se tient du 12 au 16 novembre 1962, il est coopté au sein de l'organisme « décisionnaire » : le Conseil central. Il est embarqué dans toutes les polémiques ourdies par Debord. Il cosigne divers tracts assassins, dont *Aux poubelles de l'histoire !*, dans lequel les situationnistes critiquent avec violence la revue *Arguments* d'Edgar Morin.

Cet homme qui prône dans ses écrits la libération intégrale n'est qu'un drogué en fuite que la justice ne lâche pas. Jusqu'à ce que la cour de justice de Glasgow le déclare « malade » et requérant des soins. Alexander Trocchi obtient que ses doses lui soient délivrées en pharmacie, sur ordonnance. Il continue de poursuivre une chimère. Tandis qu'il rêve de s'affranchir de toute règle et de toute tutelle, tandis qu'il se perçoit en antihéros transgresseur, il apparaît au quotidien comme un toxicomane remboursé par la Sécurité sociale, incapable de subvenir aux besoins de ses enfants, courant sans cesse après l'argent, menant l'existence précaire d'un déclassé qui déménage à la cloche de bois.

Il envisage de « bâtir » une section anglaise de l'Internationale situationniste. Il est vrai qu'il a tissé des liens dans les milieux libertaires et qu'il lui arrive d'écrire dans le périodique *Anarchy*. Mais c'est un velléitaire, un créatif, au sens le plus éthéré du terme. Monter un groupe ? Structurer une mouvance ? Il en est incapable. Guy Debord misera bientôt sur d'autres chevaux.

Le théoricien français est en train d'élaborer une thèse inédite. Il dénonce désormais l'existence de ce qu'il nomme « la société du spectacle ». Le spectacle est selon lui le visage contemporain de l'idéologie. Nous sommes tous les prisonniers du spectacle, qui fait de nous les acteurs d'un film dont nous n'avons pas écrit le scénario. Il importe en conséquence que nous reprenions le contrôle de nos destinées. En se libérant de toute entrave, les situationnistes sont de ce point de vue les seuls ennemis lucides de ce monde. Il leur incombe de mener un combat titanesque, celui de David le révolutionnaire contre Goliath le capitaliste.

Dans un tel contexte, écrire un roman ou réaliser une toile ne sont plus que futilités dérisoires. Produire une œuvre, c'est en quelque sorte mendier une place dans ce monde haïssable. Il faut renoncer à tout acte créateur. Écrire ? Pourquoi pas, mais sous pseudonyme ou de manière anonyme. En piratant, en plagiant, en détournant les écrits des autres. Pour détruire ce monde.

Trocchi est mis au défi. Osera-t-il rompre avec le milieu littéraire, quitter l'intelligentsia, abandonner ses rêves ? Il le prétend. Mais il semble très hésitant. Car le monde des lettres lui tend plus que jamais les bras. Tandis que Debord se maintient dans la pénombre, lui se projette dans la lumière.

Du 20 au 24 août 1962, il est invité à une Conférence internationale des écrivains, à Édimbourg. L'assistance est prestigieuse : Bertrand Russell, Angus Wilson, James Baldwin, Truman Capote, Aldous Huxley, Mary McCarthy, Norman Mailer, Henry Miller, Alberto Moravia et Alain Robbe-Grillet participent à cette rencontre remarquable, initiée par l'éditeur John Calder. C'est l'occasion pour Trocchi de faire la connaissance d'un jeune Américain au look de *clergyman*, nommé William Burroughs, avec lequel il traîne ostensiblement. Les deux hommes se découvrent un point commun : l'héroïne.

Alexander se taille par ailleurs une réputation de polémiste quand il invective une sommité locale en kilt, le poète Hugh MacDiarmid. Ce dernier prône « l'écossisme » et vient de le traiter d'« ordure cosmopolite ». Lawrence Durrell et Angus Wilson soutiennent Trocchi durant la joute oratoire. Ses arguments ne manquent pas d'intérêt : il milite pour un cosmopolitisme absolu, la littérature devant se nourrir librement de toutes les influences, sans tenir compte des particularismes nationaux. La romancière Mary McCarthy, également présente à cette conférence, rend compte avec humour de l'atmosphère électrique des débats dans une lettre adressée à la philosophe Hannah Arendt : « Des gens qui se dressent pour confesser leur homosexualité ; un drogué patenté qui s'oppose à la tyrannie du communiste Hugh MacDiarmid… et tout ceci devant un public de plus de deux mille personnes par jour, la plupart étant, je le suppose, des presbytériens écossais… Je dois le confesser, je me suis énormément amusée[1]. »

---

1. Hannah Arendt et Mary McCarthy, *Correspondance, 1949-1975*, éditions Stock, Paris, 2009.

En dépit de son casier chargé de toxicomane « patenté », Alexander Trocchi est adoubé par le milieu littéraire anglo-saxon. Il sera d'ailleurs réinvité à Édimbourg l'année suivante. En attendant, il collectionne les articles et les interviews. Pourtant, dans la même période, il est si pauvre qu'il sollicite l'aide sociale anglaise. Magnanime, la Couronne britannique accorde à l'héroïnomane un revenu minimum.

Il n'a pas un fifrelin ? Qu'importe… Avec Lyn, il part rejoindre William Burroughs à Tanger. Le voyage s'avère infernal, le couple se disloquant dans les cahots des transports. Dans la mythique ville marocaine, face à l'auteur de *Nova Express*, il est pourtant traversé par une idée fulgurante. Cette vision artistique, cette « insurrection invisible » qu'il porte en lui et veut concrétiser, doit s'appeler « Sigma », car c'est le symbole mathématique de la somme de plusieurs termes. Eurêka, c'est Sigma.

X

Le « cosmonaute de l'espace du dedans »

De retour à Londres et rabiboché avec Lyn, l'artiste démarre à l'automne 1962 un vaste chantier multimédia d'art total, qui porte le nom de code « Sigma ».

Il s'agit d'abolir les barrières artistiques et les champs culturels pour faire émerger, selon sa propre formule, des « cosmonautes de l'espace du dedans ». Il s'assigne pour objectif d'explorer la face noire de l'inconscient, au risque d'une chute irrémédiable. Le projet se veut « grand public ». Les prolétaires aussi ont droit à la rêverie. Tout le monde doit pouvoir enfiler le scaphandre et partir à sa propre rencontre, pour mieux se « libérer ».

Sigma tient lieu à Trocchi de carte de visite pendant plus de dix ans. Où qu'il aille, il se présente comme son inventeur. Il devient « Monsieur Sigma ». Mais, en réalité, il ne fait rien. Alexander n'est qu'un velléitaire. Il n'ouvre aucun centre artistique underground, ne publie ni disque ni livre. Il se contente de rédiger dans la fièvre un grand nombre de manifestes oniriques, souvent incompréhensibles. Sigma, c'est lui, mais ce n'est rien qu'une baudruche vide.

L'époque se prête pourtant à la nouveauté. Les temps sont en train de changer, comme le dit Bob Dylan. Les années 1960 prennent leur envol. L'épicentre européen de la révolution, c'est Londres. Les écrivains beat y croisent de jeunes musiciens, des groupes de rock, des plasticiens. Pink Floyd, Soft Machine, les Beatles, les Rolling Stones, les Troggs, les Kinks, les Who, les Yardbirds, les Small Faces électrisent la planète. C'est dans le contexte artistique du pop art et de la pop culture que Trocchi échafaude Sigma, qu'il rêve en pieuvre mouvante. Il imagine un libre réseau d'affinités souterraines et horizontales, qui transcenderait les genres artistiques en une fusion orgasmique, comparable au free-jazz. Sigma devrait ouvrir un champ illimité et ne rien s'interdire.

Du 3 au 5 juillet 1964, Alexander Trocchi participe à un séminaire « non autoritaire », qui se déroule dans un local quaker situé à Braziers Park, dans l'Oxfordshire. Il y échange longuement avec des psychiatres en quête de pratiques nouvelles. Sont présents les cliniciens Ronald David Laing, David Cooper, Aaron Esterson, Joseph Berke, le poète et musicien Jeff Nuttall, le plasticien John Latham, le poète sonore Bob Cobbing, sans oublier le dramaturge Tom McGrath, rédacteur en chef du journal pacifiste *Peace News*. À l'issue du tumultueux « colloque », Ronald D. Laing s'engage à monter à Philadelphie, en synergie avec Londres, un « centre Sigma ». Mais rien ne se concrétise…

Par la suite, Laing, Joseph Berke et quelques autres donnent vie à une version américaine de l'antipsychiatrie, qui les pousse à remettre en question les critères de la folie. Le vrai fou ne serait-il pas celui qui se conforme aux règles d'une société devenue folle ?

L'écrivain réalise l'unique numéro d'un journal-affiche, *The Moving Times,* qui sort à l'automne 1964, avec la complicité artistique et logistique du poète Jeff Nuttall et de Tom McGrath. Il y signe un éditorial, qui résume sa vision du projet Sigma : « Maintenant et à l'avenir, notre centre sera n'importe où, notre circonférence nulle part […] à l'affût des autres. » Le journal-affiche contient des textes de Kenneth White, Robert Creeley, Antonin Artaud et William Burroughs.

Alexander effraie les autorités britanniques et ses œuvres demeurent marquées du sceau de l'infamie. La police de Sheffield organise un raid armé contre une librairie, coupable de vendre *Le Livre de Caïn*. Le 14 avril 1964, l'ouvrage est jugé « obscène » par un tribunal local. Il est interdit dans le comté de Sheffield. Plusieurs centaines d'exemplaires sont brûlés… Cette censure d'un autre âge ne fait que renforcer le prestige du créateur, soutenu au tribunal par deux critiques littéraires renommés : Kathleen Nott et Kenneth Allsop.

À la mouvance s'agrègent des personnalités aussi diverses que les écrivains et poètes Michael McClure, Robert Creeley, Kenneth White, Anthony Burgess, le chantre du LSD Timothy Leary, le cinéaste underground Stan Brakhage, ou l'essayiste et romancier Colin Wilson. Une faune « louche », pour les rigides situationnistes. Sigma s'inscrit par ailleurs dans le sillage néo-dadaïste de Fluxus, ainsi que dans l'esprit libertaire du « happening », ancêtre de la « performance », pratiqué par l'Américain Allan Kaprow autant que par le Français Jean-Jacques Lebel. Ce sont des références et des influences que les situationnistes réprouvent, eux qui ne cessent de dénoncer les « crétins mystiques » de la Beat Generation et leur « odeur d'œuf pourri ». Et puis, disons-le, la stature intellectuelle de Trocchi commence à supplanter celle de Debord. Celui-ci n'a encore écrit en 1964 que des textes confidentiels à la diffusion faiblarde. Il ne sera véritablement publié qu'en 1967, lorsque paraîtra chez Buchet-Chastel *La Société du spectacle*. Il demeure pour l'heure un pape de l'ombre, quand Alexander jouit d'un prestige grandissant, qui traverse les frontières. Plus vexant encore : l'Écossais ne répond pas aux appels pressants de Debord qui aimerait voir les textes situationnistes traduits en anglais. Guy Debord l'appréciait beaucoup quand il se présentait devant lui en loser drogué, en auteur anonyme de romans érotiques, en Casanova frénétique, en zélateur des drogues dures. Il prise nettement moins cette figure littéraire montante, bien plus illustre que lui.

Il décide de rompre avec l'histrion en s'éloignant avec diplomatie, comme s'il craignait d'insulter l'avenir. Le 12 octobre 1964, il écrit à Trocchi que le projet Sigma constitue à ses yeux une « démission » de l'Internationale situationniste : « Nous espérons cependant que cette “démission” de l'IS officielle ne t'empêchera pas de coordonner pour le mieux la suite de ton action avec ce que nous pourrions faire nous-même[1]. » Ainsi, Trocchi se voit « démissionné », mais l'amitié est sauve : le 1er décembre 1964, Debord expédie une nouvelle lettre[2], particulièrement conciliante, surtout si on la compare aux sèches missives qu'il a pu envoyer à d'autres « exclus » :

« 1. Je ne retire rien à l'amitié personnelle entre nous.

2. Je ne dis pas que l'opération “Sigma” est contradictoire au projet situationniste en général ; et je n'ai même pas refusé d'envisager une collaboration [...]. »

La lettre se clôt par cette formule, pour le moins ambiguë : « Tout de même : bien amicalement. »

1. *Correspondance (septembre 1960-décembre 1964)*, *op. cit.*

2. *Ibidem.*

Dans le n° 10 d'*Internationale situationniste,* daté de mars 1966, figure cette simple mention : « Au moment de la parution à Londres, à l'automne 1964, des premières publications du projet Sigma, animé par Alexander Trocchi, il a été convenu d'un commun accord qu'une entreprise de recherche culturelle si ouverte ne pourrait engager l'IS [...]. Ce n'est donc plus en tant que membre de l'IS que notre ami Alexander Trocchi a développé depuis une activité dont plusieurs points nous agréent pleinement. »

Le polygraphe tisse en fin de compte sa propre toile. Il se rapproche d'Allen Ginsberg, qui vient d'être expulsé de Prague après un séjour tumultueux[1]. Les deux poètes nouent une amitié de parias. Le 25 mai 1965, ils se produisent ensemble, sur scène, à l'occasion d'un récital organisé à Hampstead par la poétesse anglaise Rosemary Tonks. Ginsberg ne tarit pas d'éloges sur Trocchi : « C'est l'homme le plus brillant que j'aie jamais rencontré, un autre Neal Cassidy[2]. »

L'auteur du magnifique poème *Howl* entre à son tour dans la ronde de Sigma, qui prend son envol à la façon d'un mot de passe, d'un mot-clef, d'un label,

---

1. Voir à ce propos : https://kafkadesk.org/2021/02/18/on-this-day-in-1965-beat-poet-allen-ginsberg-paid-a-legendary-impromptu-visit-to-prague.

2. Cité dans Andrew Murray Scott, *Alexander Trocchi, The Making of the Monster*, Polygon, Édimbourg, 1991.

d'une marque non déposée, dont chacun peut s'emparer pour en faire à peu près ce qu'il veut. Sigma, c'est la contre-culture antiautoritaire en actes, l'émergence d'un courant multiforme qui prétend contester l'ordre établi, mais respire avant tout l'air du temps.

À partir de 1965, le mouvement hippy impose à la grise Angleterre les soieries indiennes, les fleurs dans les cheveux, le bronzage intégral, l'amour libre et le rock psychédélique. On voit désormais chalouper dans les rues de Londres des jeunes gens vêtus de tenues multicolores. Ils sont beaux, elles sont belles. Quand le créateur de Sigma multiplie les apparitions médiatiques, il s'affuble de fringues bariolées et néanmoins chics, qui témoignent de l'effervescence du *Swinging London*. Avec son chapeau mou, sa cravate dénouée, sa veste froissée, William Burroughs s'affiche souvent à ses côtés. L'auteur du *Festin nu* épouse à son tour l'époque nouvelle. N'est-il pas devenu la coqueluche de toutes les rock stars de l'époque, de Mick Jagger à David Bowie ?

Lors de ses interventions à la radio ou à la télévision, Alexander Trocchi déploie un enthousiasme lyrique. Il impressionne ses auditoires. Il y voit un réservoir infini de potentialités, une porte ouverte sur le rêve, une fusion avec le cosmos.

L'éditeur John Calder, dans ses mémoires, cite les trois écrivains qui furent pour lui les plus importants de l'année 1964 : William Burroughs, Henry Miller...

et Alexander Trocchi [1]. Mais cette notoriété est fugace. Son œuvre est trop maigre et trop disparate pour marquer son temps.

Son appartement londonien est devenu un lieu de passage, un salon où il fait bon traîner, boire un verre, fumer un joint ou se faire un fix. Parmi les copains qui passent et repassent, on pointe Timothy Leary ou le poète Gregory Corso, entre mille autres. Alexander se dépense pour Sigma, mais son activisme frénétique va de pair avec la consommation assidue d'héroïne médicale, souvent mêlée à l'alcool, à la marijuana, à la cocaïne, ou à diverses pilules.

Il coorganise, avec la complicité de l'écrivain, journaliste et libraire Barry Miles, de la cinéaste underground Barbara Rubin et de l'acteur Daniel Richter – le singe dans *2001, l'Odyssée de l'espace* de Stanley Kubrick –, un événement culturel international, dans le cadre prestigieux du Royal Albert Hall de Londres, sous l'intitulé provocateur : « Communion complète, l'incarnation internationale de la poésie ». L'idée est d'Allen Ginsberg. Trocchi n'a fait que se rallier à l'entreprise, avec beaucoup d'autres.

Il s'agit de mettre sur pied la plus grande rencontre poétique de l'histoire anglaise, de réaliser un acte

1. John Calder, *Pursuit*, Calder Publications Ltd., Londres, 2001.

majeur visant à faire connaître la nouvelle scène exubérante liée au mouvement hippy. C'est ce qu'expliquent, peu avant l'événement, Allen Ginsberg et Lawrence Ferlinghetti lors d'une conférence de presse sur les marches du Albert Memorial, en face du Royal Albert Hall. Trocchi n'est pas en reste. Quelques heures plus tard, il réunit chez lui une bande de poètes avec lesquels il élabore un texte collectif : « Angleterre ! Réveille-toi ! Réveille-toi ! Réveille-toi ! Invitation à une déclaration mondiale pour un bon bain de paix ! L'herbe de la Terre est gratuite ! Poésie cosmique, visitation accidentelle et charnelle ! Carnaval spontané du chant des planètes ! Épiphanie poétique du cosmonaute mental, insémination poétique immaculée et supranationale[1] ! »

La date fatidique du vendredi 11 juin 1965 arrive. Sept mille personnes s'engouffrent dans le Royal Albert Hall, pour assister à un récital poétique qui tient à la fois du meeting politique et du happening provocateur, ce qui en dit long sur la popularité de la poésie dans les années 1960.

Le spectacle n'est pas seulement sur scène. Ginsberg promène avec lui une belle Indienne nommée Indira Gandhi. Elle deviendra bientôt la Première ministre de

1. Cité dans : Barry Miles, *In the Sixties. Aventures dans la contre-culture*, traduit par Olivier Lucazeau, éditions Le Castor Astral, Bègles, 2018.

son pays, avant d'être assassinée par son garde du corps sikh en 1984. À l'entrée, le public se voit offrir des fleurs par des hôtesses de circonstance : Kate Heliczer, Barbara Rubin – la cinéaste et actrice d'Andy Warhol – et quelques autres. Dans ses mémoires, Barry Miles rend compte de l'ambiance : « De la fumée d'encens et de joints de marijuana flottait sous le dôme du bâtiment, des bouteilles de vin et des chiloms passaient de main en main[1]. » Ronald D. Laing est venu avec une dizaine de patients schizophrènes qui dansent au son d'une musique qu'ils sont les seuls à entendre. Pendant ce temps, des personnages colorés et attifés créent des bulles de savon…

Allen Ginsberg s'impose comme maître de cérémonie. Il ouvre le bal sur un mantra tibétain, qu'il psalmodie en s'aidant d'un tambourin. Puis les poètes grimpent sur scène, dans un joyeux désordre. Alexander Trocchi fait office de modérateur et de présentateur. À tour de rôle, Lawrence Ferlinghetti, Adrian Mitchell, Gregory Corso, Harry Fainlight, Simon Vinkenoog, Tom McGrath, Michael Horovitz invectivent le public, le charment, le galvanisent et le défient dans le brouhaha. Harry Fainlight refuse d'utiliser le micro, résultat : personne ne l'entend. Le cinéaste Peter Whitehead filme la soirée avec flegme. Son documentaire, produit

1. *Ibidem.*

par Lorrimer Films, sortira peu après sous le titre de *Wholly Communion*[1].

Une conférence de presse finale se tient de façon plus ou moins impromptue sur les marches du Royal Albert Hall. Trocchi parle bien et monopolise l'attention des médias. La révolution est un dîner de lettrés. Mais qui va payer pour la location du prestigieux auditorium ? Le poète néo-zélandais John Esam devait s'en occuper. Il a touché une subvention, ainsi qu'une avance sur diffusion, le spectacle ayant été filmé. Mais il a sauté dans un avion pour la Grèce, en emportant l'argent. Gregory Corso, chargé des boissons, est lui aussi aux abonnés absents. Quant à Allen Ginsberg, il écrit au *Times Literary Supplement* pour désavouer l'événement : « Participant à cette lecture de poésie, je me suis réveillé le lendemain totalement déprimé, dégoûté par presque tous les autres poètes et plus encore par moi-même. [...] Il y avait trop de ratés au Royal Albert Hall, trop de ratés qui ne croyaient pas à leur propre poésie, trop

1. Peter Whitehead avait entrepris d'archiver sur pellicule l'ensemble des contre-cultures. À la façon de Dziga Vertov captant la révolution russe en 1917, il enregistre les concerts, les expositions, les soulèvements, les déchaînements nouveaux. C'est lui qui offre à Pink Floyd ce clip épique pour *Interstellar Overdrive*, qu'on découvre dans son film *Tonite Let's All Make Love in London*. En 1969, il plaquera tout, pour démarrer une carrière d'éleveur de faucons dans le désert marocain.

de bardes superficiels venus lire des poèmes tristes, pompeux et stupides, truffés de rimes archaïques, rédigés il y a des années [1]. »

La journée se clôt ainsi sur un bilan chaotique. Pourtant, le festival poétique du Royal Albert Hall semble marquer un tournant. Une partie de la presse anglaise se déchaîne, les « tabloïds » conservateurs dénonçant la « profanation » du Royal Albert Hall par une bande d'excités et de hippies en proie à la danse de Saint-Guy. Cette visibilité médiatique permet à l'underground littéraire d'émerger en pleine lumière.

Par un étonnant hasard, le jeune Roger Lafosse lance en 1965 à Bordeaux, avec l'aide active du maire Jacques Chaban-Delmas et la complicité de l'écrivain Robert Escarpit, du philosophe Abraham Moles et du compositeur Michel Philippot, un festival pluridisciplinaire, reflet des nouvelles cultures, qui prend le nom de… Sigma. Sigma, à Bordeaux, en 1965 ? Deux Sigma auraient-ils pu se développer en parallèle et en s'ignorant l'un l'autre ?

Sur la page web que les Archives Bordeaux Métropole consacrent au « Fonds Sigma », je déniche une explication sibylline : « Le choix du nom de "Sigma" traduit le vœu de l'association de réaliser une somme

1. Barry Miles, *In the Sixties. Aventures dans la contre-culture*, *op. cit.*

à partir de différents éléments, des arts et tendances contemporains. » Interrogé par Emmanuelle Debur, Roger Lafosse évoque bien les situationnistes : « C'était avant 1968, et je dirais qu'il y avait deux mouvements à l'époque : des situationnistes à Strasbourg, autour de Debord, et Sigma à Bordeaux, pour le plan artistique. C'étaient deux démarches révolutionnaires, mais des options vers un autre absolu, un peu différentes[1]. »

Il paraît sincère. Il fait allusion au « scandale de Strasbourg », déclenché en 1966 par certains situationnistes qui étaient parvenus à s'emparer de la section locale de l'Union nationale des étudiants de France. Mais semble ignorer que c'est le situationniste écossais Alexander Trocchi qui a inventé un projet multimédia nommé Sigma en 1962.

Je perçois pourtant entre le Sigma de Bordeaux et celui de Londres des analogies troublantes, d'autant que le festival bordelais prend son essor au moment où Trocchi diffuse largement dans le milieu des contre-cultures une série de manifestes, qui se présentent comme des textes et collages glissés dans des enveloppes postales, sous le titre de *Dossier Sigma*[2].

---

1. Emmanuelle Debur, *Sigma 1965/1996, histoire d'un festival d'avant-garde*, Éditions Atlantica, Biarritz, 2017.

2. *Sigma Portfolio. A New Dimension in the Dissemination of Informations* (Dossier Sigma : une dimension nouvelle dans la

Le festival Sigma de Bordeaux parvient à se maintenir jusqu'en 1996, révélant au public français pléthore de talents qu'Alexander n'aurait pas reniés : le Living Theatre, le Grand Magic Circus, Pink Floyd, Sun Ra, Miles Davis, Karlheinz Stockhausen… Sigma de Bordeaux, c'est le festival que Trocchi aurait dû organiser, s'il avait bien voulu descendre des limbes pour se coltiner la réalité.

Hélas, on ne se refait pas. Assistant à un savant colloque littéraire et londonien, il s'écroule dans les toilettes, victime d'une overdose. Rétabli par une injection de cocaïne, il reparaît quelques minutes plus tard, serein, ragaillardi, tirant tranquillement sur sa pipe. Comme le disait la seconde femme de Guy Debord, Alice : « Il n'était normal que quand il avait pris sa dose[1]. » Barry Miles le croise lors d'une *party* qui se tient dans une librairie branchée : « J'ai vu Alexander Trocchi […], toujours accro aux narcoleptiques et plus verdâtre que jamais, quitter la librairie avec une douzaine de bouquins cachés sous la chemise[2]. »

dissémination des informations). On en recense trente-deux numéros.

1. Entretien avec Alice Becker-Ho, le 9 juillet 1998, pour la préparation de mon livre *Vie et Mort de Guy Debord*, *op. cit.*

2. Barry Miles, *In the Sixties…*, *op. cit.*

Il n'y a pas que l'héroïne dans sa vie. Il y a aussi le LSD. En septembre 1965, le principal collaborateur de l'essayiste Timothy Leary, Michael Hollingshead, débarque à Londres, avec une cargaison d'acide lysergique. Des amis fortunés mettent à sa disposition un grand et luxueux appartement de Pont Street. Il y monte un « Centre psychédélique mondial » qui s'emploie à disséminer la fameuse drogue de synthèse. Tout le monde ou presque accourt : les psychiatres Ronald D. Laing et Joseph Berke, le peintre surréaliste Roland Penrose, le réalisateur Roman Polanski et sa femme Sharon Tate, le milliardaire Victor Lownes (cofondateur avec Hugh Hefner de *Playboy*), sans oublier William Burroughs et son compagnon Ian Sommerville. Nombre de musiciens deviennent des visiteurs assidus, à l'exemple d'Eric Clapton, Donovan, ou Paul McCartney. Alexander, qui milite depuis longtemps pour la légalisation de l'héroïne, se montre particulièrement intéressé par la démarche du Centre, qui diffuse gratuitement des cachets de LSD. Mais le Centre psychédélique mondial ne tient pas ses promesses et l'affaire périclite, Michael Hollingshead échouant dans une cellule britannique pour avoir consommé… du haschich.

Un peu plus tard, en 1966, Trocchi participe avec le militant associatif Rhaune Laslett, l'imprésario des Beatles Brian Epstein, le futur manager des Pink Floyd Peter Jenner, et le militant nationaliste noir Michael de Freitas qui prend bientôt le nom de Michael X, à une ébauche d'université populaire : la London Free School. Parmi les « enseignants » figure la performeuse Yoko Ono, future femme de John Lennon. Le groupe Pink Floyd anime devant des salles combles un « atelier son et lumière », dans lequel s'élaborent les premiers light shows psychédéliques qui vont désormais transfigurer les concerts rock. Trocchi invente pour sa part des « anti-conférences ». Le concept d'école ou d'université libre lui semble tout à fait conforme à l'esprit Sigma.

Il s'acoquine avec Tom McGrath, qui s'apprête à lancer, grâce aux deniers de la milliardaire Panna Grady, l'un des principaux journaux underground londoniens, *International Times*. Cet hebdomadaire d'informations « parallèles », dont le premier numéro paraît le 14 octobre 1966, se fait connaître par ses simples initiales : *IT*. Calqué sur le modèle du *Village Voice* de New York ou de *Los Angeles Free Press*, il est concocté par l'inclassable Jim Haynes, le metteur en scène et vidéaste Jack Henry Moore, l'agent artistique Michael Henshaw, l'écrivain John Hopkins, ainsi que par le gérant de la librairie-galerie Indica, Barry Miles. Trocchi deviendra l'une des plumes régulières du périodique à la maquette éclatée. *IT* ouvre aussi ses colonnes à William Burroughs, Yoko Ono, Tony Cox, Jean-Jacques Lebel ou Ezra Pound. Un sacré méli-mélo contre-culturel et créatif.

La fête de lancement se déroule au Roundhouse, dans un décor de bacchanale romaine. Avec sa coiffe et son très court costume de nonne qui ne dissimule aucunement ses fesses, Marianne Faithfull se taille un franc succès. Paul McCartney est venu en djellaba. Michelangelo Antonioni et Monica Vitti évoluent avec grâce dans les fumerolles de haschich. Alexander Trocchi est là en compagnie du guitariste de Pink Floyd Syd Barrett, de l'écrivain américain Kenneth Rexroth qui déteste la soirée, sans oublier David Allen, Kevin Ayers, Mike Ratledge et Robert Wyatt du groupe Soft Machine. Le clou du spectacle, c'est Pink Floyd. Avec flegme, le *Sunday Times* du lendemain relate l'événement : « Lors du lancement du nouveau magazine *IT* la nuit dernière, un groupe pop appelé Pink Floyd joua une musique lancinante, alors qu'une série de formes bizarres et colorées flashaient sur un écran géant derrière eux. Quelqu'un avait fait une montagne de gelée et une autre personne avait garé sa moto au milieu de la pièce. Rien que de très psychédélique apparemment… »

Trocchi continue avec ardeur à gaspiller son talent dans des exercices alimentaires et secondaires. Il n'a rien publié de significatif depuis *Le Livre de Caïn* en 1960. En novembre 1966, l'éditeur John Calder annonce la parution prochaine d'un inédit de Trocchi : *The Long Book*. Un roman, enfin ? On l'attend toujours, mais l'auteur a empoché l'à-valoir.

Il tente de se sevrer des drogues multiples qu'il ingère en grande quantité depuis l'adolescence. Dans cette période de rédemption transitoire, sa femme Lyn donne naissance à un nouvel enfant, Nicholas Adam Trocchi, né le 28 décembre 1966.

Alexander Trocchi est un personnage folklorique et dérangeant, un dandy psychédélique drainant une sombre aura, avec ses gants noirs dissimulant de longs doigts effilés aux ongles sales et interminables, qui soupèsent négligemment un étui à cigarettes en ivoire. Il s'est démultiplié, il a donné vie à des textes, il a passé les plats à des écrivains, à des artistes célèbres. La créature venue d'un autre monde se distingue par une rare culture et les saillies provocatrices dès qu'il est invité dans une émission. Il est perçu comme un acteur clef de l'« ère du Verseau » chantée par les hippies. Le 6 janvier 1967, des affiches placardées dans Londres annoncent une soirée *Freak Out Ethel* au Seymour Hall : Pink Floyd, une flopée de groupes, Alexander Trocchi… Sa renommée est telle qu'il peut se permettre de déclamer des textes entre deux concerts de rock'n'roll. Mais une fois de plus, que reste-t-il de tout ça ? Des musiciens tels que Frank Zappa, Jimi Hendrix, Captain Beefheart, Grace Slick, ou Jerry Garcia incarnent, avec beaucoup plus d'éclat que lui, le grand mouvement de révolte juvénile des années 1960.

Au début de 1967, le journal *IT* entre dans le collimateur de la police qui opère un raid dans les locaux de l'hebdomadaire, au sous-sol de la librairie Indica. Elle saisit un nombre incalculable de textes, ainsi que la collection complète du périodique. Menacé par la ruine, *IT* lance un appel au secours. Allen Ginsberg envoie deux cents livres sterling. Le poète américain Charles Olson ouvre aussi son portefeuille. Quant à la riche héritière Panna Grady, elle signe un chèque généreux, mais commet l'erreur de le confier à Trocchi. Alexander « oublie » de remettre la somme à ses camarades. La situation s'envenime. À l'issue d'une visite courtoise mais musclée, il finit par consentir à lâcher la moitié du magot, le reste devant, selon ses dires, aller « à Sigma ». En réalité, il le destinait à ses veines. Très en colère contre *IT*, il écrit sans attendre à la mécène : la prochaine fois, elle devra subventionner non pas *IT*, mais AT… comme Alexander Trocchi. Cette affaire signe sa rupture avec le journal hippy.

Il participe néanmoins à une grande soirée de soutien à *IT*, qui se tient à l'Alexandra Palace, au nord de Londres, le 29 avril 1967. Yoko Ono, Christopher Logue et Michael Horovitz sont là aussi. Du côté des groupes, c'est la bousculade : Arthur Brown, Pink Floyd, Soft Machine, Champion Jack Dupree, Ginger Johnson, The Move, les Pretty Things, ou les Social Deviants se produisent, au seul bénéfice du titre underground. On recense plus de quarante formations. Les organisateurs ont loué un toboggan. Il y a aussi un igloo en fibre de verre, dans lequel on peut fumer… des peaux de banane. L'événement se nomme « Rêve de quatorze heures en technicolor ». Il rassemble dix mille personnes.

XI

Le déclin et la chute d'Alexander Trocchi

Une mélancolie diffuse ronge pourtant le créateur. Trocchi a quarante-trois ans en 1968. Le tumulte du siècle l'indiffère. Rien n'est plus répétitif qu'une révolution permanente. Alors que l'underground, la contre-culture et la contestation atteignent leur apogée et touchent plus de trente millions d'Occidentaux, il se replie sur lui-même. Il se désintéresse du désordre général auquel il a lui-même contribué. Le mouvement hippy tourne au phénomène de mode et les Beatles se commettent dans une publicité. L'énergie brute du commencement fait place à la récupération.

En janvier, quand des situationnistes dissidents du groupe King Mob scellent les portes du journal *IT* avec des affiches, il ne réagit pas. Pas plus qu'il n'a réagi quand Guy Debord a exclu la totalité de la section anglaise le 21 décembre 1967. Après l'agitation vaine, vient pour lui le temps de la réflexion. Il se mue en spectateur désabusé de ses propres faiblesses. Il observe le monde depuis son nouvel appartement, au dernier étage d'un immeuble du quartier de Kensington, où il reçoit ses admirateurs. Car sa réputation le précède encore, et nombreux sont ceux qui le tiennent pour un personnage clef de l'époque nouvelle, l'un de ces théoriciens de l'ombre tirant les ficelles depuis la coulisse. Le chanteur et poète Leonard Cohen va jusqu'à le décrire comme un « Christ contemporain ». Un avis qui n'est pas partagé par la police. Persuadée que Trocchi se trouve à la tête d'un empire de la drogue, elle multiplie les raids. En pure perte. L'accusé se défend à haute voix de tout commerce de substances. Il se contente, dit-il, de faire du « conseil » bénévole. Qui croire ? La comédienne et chanteuse Marianne Faithfull, qui lui rend régulièrement visite pour qu'il la pique, un peu comme un infirmier, et qui dira de lui qu'il était son « gourou de la drogue » ? Ou le journaliste musical anglais Barney Hoskyns, qui confie dans ses Mémoires[1] que Trocchi fut à Londres son principal pourvoyeur de « blanche » ?

Ce qui est certain, c'est qu'il demeure un avocat public de la dépénalisation des drogues dures, et qu'à ce titre on finit par le prendre au sérieux. Invité en 1968

1. Barney Hoskyns, *Never Enough. A Way Through Addiction*, Constable, Londres, 2017.

par la Law Society de Brighton à un colloque réunissant des fonctionnaires du ministère de la Santé, des policiers et des psychiatres, il y défend le point de vue des « usagers ». Dans *Cain's Film*, un documentaire que lui consacre en 1969 le réalisateur Jamie Wadhawan, c'est encore un très bel homme que l'on voit, malgré son visage émacié et ses dents gâtées.

En 1970, Alexander édite un somptueux journal-affiche, sans titre, avec des textes de Burroughs, et une mise en page du peintre et dessinateur Feliks Topolski. Un numéro 2 est annoncé, dans lequel se commettront Allen Ginsberg, John Lennon et William Burroughs. Rien ne vient. Rien n'est jamais venu.

À Amsterdam, fleurit sous les auspices du poète hollandais Simon Vinkenoog un Centre Sigma dédié, encore et toujours, aux contre-cultures. Alexander est régulièrement invité en Hollande, où il est traité comme un roi.

Il survit en effectuant des traductions du français vers l'anglais et acquiert dans ce milieu une réputation d'excellence. Il est aussi courtisé par le monde du cinéma. Le réalisateur et producteur américain Arthur Seidelman prend une option sur *Le Livre de Caïn*. L'affaire ne se concrétise pas, et c'est un autre producteur, Joko Films, fondé en 1972 par John Lennon et Yoko Ono, qui entre en scène. John Lennon proclamant son admiration pour Trocchi, les choses ont l'air de se préciser. Il est question de confier la réalisation à l'acteur et scénariste Daniel Richter, qui dirige à Londres une troupe de mimes, le rôle-titre à Donald Sutherland, la musique à Eric Clapton et Keith Brown. Mais le film s'ensable avant d'être tourné.

En 1970, l'un de ses livres érotiques, *Helen and Desire*, trouve le chemin des librairies françaises. Il est publié par la maison d'édition « spécialisée » Marie Concorde dans une traduction de Thadée Klossowski. Lui en a-t-on même acheté les droits ?

Du 24 au 26 juillet, on l'aperçoit à Ecclesden Common où se tient, à l'initiative de Mick Farren, un festival déjanté : *Phun City*. Au programme figurent les groupes phares de ce début des années 1970 : MC5 qui propulse le son de Detroit et annonce le punk, Free dont le titre *All Right Now* est un succès planétaire, les assourdissants Pink Fairies de Mick Farren, ou le drolatique Mungo Jerry qui bat tous les records de vente avec *In The Summertime*. Alexander participe à un débat sur la science-fiction, en compagnie de William Burroughs et J. G. Ballard. Un peu plus tard, braillard et fêtard, il boit des coups avec Burroughs, Mick Jagger et Marianne Faithfull, jusqu'au bout de la nuit. Mais la bamboche vire à la bagarre avec des Hell's Angels.

En 1972, il acquiert un étal de bouquiniste sur le marché aux puces de Portobello Road, au cœur du quartier de Notting Hill, dans l'ouest de Londres. Il le baptise « Antiquarius » et embauche un jeune vendeur, Dennis. Burroughs ne manque jamais d'y faire un saut quand il passe à Londres. Trocchi se métamorphose en un expert reconnu en éditions originales et en gravures anciennes. On le croise dans les ventes aux enchères. Il lui arrive de brasser des sommes importantes. En résumé, il devient respectable.

La même année, John Calder publie *Man at Leisure*, une anthologie de ses poèmes. Un volume de quatre-vingts pages préfacé par Burroughs.

Toujours en 1972, tandis qu'elle travaille comme vendeuse à la Strand Bookstore de New York, Patti Smith découvre *Le Livre de Caïn*. Enthousiasmée, elle se plonge dans l'œuvre pornographique, qui la passionne tout autant, et avoue sans ambages son admiration : « Trocchi est un artiste, comme Brion Gysin. Son travail n'est pas pour tout le monde, il ne doit pas être pour tout le monde[1]. » Quarante-trois ans après, quand on lui demande de dresser la liste des plus beaux livres qu'elle a jamais lus, elle cite *Le Livre de Caïn* entre *Désert dévorant* de Brion Gysin et *Coriolan* de William Shakespeare[2].

1. Citée dans : Allan Campbell et Tim Niel, *A Life in Pieces. Reflections on Alexander Trocchi*, Rebel Inc., Édimbourg, 1997.

2. Https://www.openculture.com/2015/04/patti-smiths-list-of-favorite-books.html.

Cain's Book est aussi le livre de chevet du jeune journaliste James Campbell, qui détiendra plus tard une prestigieuse colonne dans le *Times Literary Supplement*. C'est le seul qu'il emporte en voyage avec lui. Le jour où il parvient à interviewer son « héros » pour le compte d'un journal étudiant, Trocchi lui ouvre la porte en murmurant : « J'allais justement me faire un fix. » Ce qu'il fait devant son admirateur quelque peu gêné.

Mais l'année 1972 est aussi celle où sa femme Lyn succombe à une hépatite fulgurante, à l'âge de trente-cinq ans. Son corps trop frêle n'a résisté ni à la drogue ni à la précarité. Cette mort, Alexander ne parvient pas à la surmonter. Il se cloître dans son appartement londonien.

Cinq ans plus tard, leur fils Marcus est touché par un cancer des poumons. Le jeune homme meurt le 21 mai 1977 à l'âge de dix-huit ans.

Le rêve situationniste s'achève dans le café de la jeunesse perdue (je cite Guy Debord, détourné par Patrick Modiano). Alexander enterre Sigma, qui n'a jamais été autre chose qu'une chimère.

1977, c'est l'année du punk, mais Trocchi ne s'intéresse pas aux gesticulations des nouveaux révoltés. Pourtant les Sex Pistols, à leur façon, héritent d'Antonin Artaud autant que du dadaïsme.

J'aimerais insister ici sur le lien intuitif qui relie Alexander Trocchi à Guy Debord. Dans cette période incertaine qui voit l'Écossais se replier sur lui-même, Guy Debord entre à son tour dans une phase d'introspection. L'un de ses plus beaux textes figure dans le film expérimental *In girum imus nocte et consumimur igni* : « Et moi, que suis-je devenu au milieu de ce désastreux naufrage, que je trouve nécessaire ; auquel on peut même dire que j'ai travaillé, puisqu'il est assurément vrai que je me suis abstenu de travailler à quoi que ce soit d'autre ? [...] Il n'y aura ni retour ni réconciliation. La sagesse ne viendra jamais. »

La sagesse ne vient pas davantage pour Trocchi. Il est blessé à vie. Il se trouve seul, face à la réalité qu'il essaie de fuir depuis son premier shoot en 1955. Il amorce une tardive réconciliation avec les parents de Lyn. Pourront-ils jamais lui pardonner ? Il écrit également à ses amours passées. À l'automne de sa vie, il tombe amoureux d'une belle et longiligne Néo-Zélandaise de vingt-quatre ans, Sally Child, qui n'est autre que la nounou de son second fils, Nicholas. Mais à cinquante-deux ans, un âge canonique pour un survivant des contre-cultures, il n'a toujours pas réussi à décrocher de l'héroïne.

Il a perdu sa deuxième femme, son fils. Il ne voit jamais ses filles. Il a définitivement renoncé à écrire et les éditeurs ont cessé de le courtiser. La gloriole passée s'est évaporée. Il vivote grâce à son stand de livres anciens et officie aussi comme aide-soignant : n'est-il pas un spécialiste des piqûres ? Et quand il n'est pas avachi devant sa télévision, il glande dans les pubs, où il carbure à la vodka après avoir pris sa dose quotidienne d'héroïne. Homme de la nuit, on le croise souvent au Lindsay Club, sur Church Street, une cave minuscule et sans grand renom.

La plupart de ses admirateurs l'ont abandonné, à l'exception notable d'un ami qui lui demeurera toujours fidèle : le guitariste Eric Clapton.

En 1983, Alex accepte de répondre aux questions du journaliste américain Greil Marcus. L'entretien a lieu chez lui. Greil Marcus en restitue le décor : « Nous étions au cinquième étage sans ascenseur, dans une zone miteuse de Kensington. Trocchi [...] gagnait sa vie en revendant des livres rares de mauvaise qualité sur un stand minuscule de Portobello Road. Son appartement était jonché de seringues et d'ampoules cassées. Les murs étaient couverts de croquis de la ville nouvelle du situationniste de la première heure – Constant[1]. »

Pour la première et la dernière fois, Alexander parle de sa rupture avec Guy Debord en 1964 : « Je me souviens de la dernière lettre qu'il m'a envoyée :

1. Greil Marcus, *Lipstick Traces. Une histoire secrète du vingtième siècle*, traduit par Guillaume Godard, éditions Allia, Paris, 1998, 2018. L'architecte hollandais Constant est notamment l'auteur du projet New Babylon, qui prévoit des immeubles mouvants redessinant perpétuellement le tracé des rues.

“Les honnêtes hommes garderont le souvenir de ton nom.” Il était comme Lénine ; c’était un absolutiste, jetant constamment les gens dehors, jusqu’à ce qu’il ne reste plus que lui. Et les exclusions étaient totales. Elles entraînaient un ostracisme complet, au point de faire semblant de ne pas voir les gens. À la fin, on en arrive à des exécutions – c’est ainsi que ça aurait fini si Guy avait un jour pris le pouvoir. Et je ne peux tirer sur personne. Ce n’est pas une question de loyauté. Guy avait ma loyauté. J’aimais cet homme[1]. »

Peu de temps après cet entretien, on lui découvre une tumeur maligne dans le poumon gauche. Il est opéré avec succès, mais doit rester alité durant plusieurs mois. Ne supportant pas ce confinement forcé, il sort et attrape froid dans une salle des ventes exposée aux courants d’air. La grippe dégénère et se transforme en une pneumonie dont il meurt, le 15 avril 1984, à cinquante-huit ans. Une comète s’est évanouie dans l’espace, après avoir frôlé le soleil.

La légende veut qu’il ait succombé à une ultime overdose, devenant à son tour un anti-héros des contrecultures, à l’image de Brian Jones, Jim Morrison ou Sid Vicious. La réalité est plus misérable. Il est incinéré, au terme d’une brève cérémonie, devant une assistance maigrelette.

1. *Ibidem.*

Ensuite, c'est son fils survivant, Nicholas, qui tente de se tuer par overdose. Puis son appartement qui est la proie d'un incendie volontaire. Un grand nombre de textes partent en fumée. L'urne d'Alexander disparaît – volée ou perdue, on ne saura pas. En décembre 1984, Nicholas Trocchi saute du toit de l'immeuble dévasté, à dix-huit ans.

C'est donc par un enchaînement tragique que s'achève la biographie d'un homme qui voulait révolutionner sa vie quotidienne et vivre chaque instant comme si c'était le dernier, mais qui ne réussit qu'à semer autour de lui le malheur et le chaos. Par les excès, par l'héroïne, par la luxure, le flamboyant et prometteur Alexander Trocchi n'aura cessé de s'autodétruire, comme s'il avait peur de son propre talent. Que reste-t-il de lui ? Des textes épars, deux romans sombres, plus de quarante livres pornographiques, une notoriété déjà évanouie.

Une de ses nouvelles, publiée en 1961 dans la revue *New Writers* de John Calder, raconte l'histoire d'un homme vêtu de noir, *The Holy Man*[1], qui s'enferme dans l'obscurité, au dernier étage d'un hôtel miteux, pour attendre la mort, à l'image des dieux oubliés dans *Malpertuis* de Jean Ray.

---

1. *New Writers* n° 3, Calder Publishing, Londres, 1961. La nouvelle est reprise la même année dans une anthologie publiée aux États-Unis : *The Outsiders,* New American Library.

XII

« Le Camus écossais »

Alexander Trocchi est mort inconnu après avoir effleuré le succès. Il faudra attendre les années 1990 pour que son souvenir ressurgisse.

En 1991, l'écrivain écossais Andrew Murray Scott publie une remarquable biographie, assortie d'un cahier de photos, sous le titre : *Alexander Trocchi, The Making of the Monster*. En 1995, les Écossais le redécouvrent grâce à un documentaire de Chris Buckland diffusé dans l'émission *Don't Look Down*, sur la chaîne de télévision écossaise STV. Son biographe Andrew Murray Scott y retrace les grandes époques de sa vie, tandis que Tom McGrath et le poète Edwin Morgan témoignent sur leur ami disparu. L'année suivante, Tim Niel réalise avec la complicité du producteur Allan Campbell un autre documentaire important : *Alexander Trocchi, A Life in Pieces*. On y découvre des documents rarissimes sur l'avant-garde de ces temps révolus. Leonard Cohen, William Burroughs, George Plimpton, Christopher Logue, Richard Seaver, Ned Polsky et Terry Southern apparaissent aux côtés de Jane Lougee et Sally Child. Un an plus tard, Allan Campbell et Tim Niel prolongent leur film par un épais volume contenant des témoignages inédits : *A Life in Pieces. Reflections on Alexander Trocchi*[1].

Et puis l'écrivain Irvine Welsh – auteur du fameux roman *Trainspotting*, adapté par Danny Boyle en 1996, avec Ewan McGregor dans le rôle-titre – définit Trocchi comme « le Camus écossais ».

Mais l'année de la révélation est sans conteste 2003. Le 16 mai, le festival de Cannes projette en exclusivité *Young Adam*, un film franco-britannique de l'Anglais David McKenzie, produit par la Recorded Picture Company (RPC) de Jeremy Thomas, le producteur britannique à qui l'on doit notamment *Le Dernier Empereur* de Bernardo Bertolucci, Oscar du meilleur film en 1988. Après tant d'efforts infructueux, tant de projets avortés, tant d'espoirs déçus, le roman de Trocchi est enfin adapté au cinéma. Le budget du long métrage est estimé à six millions quatre cent mille dollars. Le casting est idéal : Tilda Swinton, Emily Mortimer, Peter

1. Allan Campbell et Tim Niel, *A Life in Pieces. Reflections on Alexander Trocchi*, *op. cit.*

Mullan et Ewan McGregor dans les rôles principaux, sur une musique rachitique de David Byrne. Le film est présenté au festival d'Édimbourg le 13 août 2003, puis au festival de Toronto le 8 septembre, et sort en France le 21 avril 2004. Alexander Trocchi connaît une forme de consécration posthume, mais son nom reste inconnu. C'est l'adaptateur et réalisateur David McKenzie qui récolte les lauriers : « Noir jusqu'à l'ébène, porté par trois acteurs éblouissants d'audace, *Young Adam* fouille la pire misère affective sans entamer une seconde le libre arbitre et la dignité de ses personnages. L'impact est impressionnant », écrit Bernard Achour dans *Le Nouvel Observateur*. Le film remporte plusieurs prix, dont celui du Festival du cinéma d'Édimbourg mais peine à conquérir le public. Il ne rapporte que deux millions cinq cent mille dollars. C'est un succès d'estime et un échec commercial. Il faut avouer que ce long métrage brumeux, au rythme trop lent, suscite un vague ennui, mal épicé par les scènes de baise. Alexander Trocchi ne réussira jamais à remplir les salles.

XIII

Le plus grand canular du vingtième siècle ?

C'était ça, l'horizon situationniste ? Se brûler les ailes, s'autodétruire, refuser de faire œuvre ? Ne laisser derrière soi qu'un désert de cendres et en célébrer la beauté ? À moins que le joueur de flûte Guy Debord n'ait monté un canular. Que tout ce bazar n'ait été qu'une blague, dans l'esprit de Dada. Le fait est que l'histoire situationniste, que tant d'universitaires prennent aujourd'hui terriblement au sérieux, se trouve imbibée de dérision, comme si Debord posait en permanence sur lui-même un regard narquois. S'est-il ingénié à semer des indices, formant un fil qui sinue dans le labyrinthe ? Certains d'entre eux laissent rêveur…

Lorsque le peintre Giuseppe Pinot-Gallizio rejoint l'Internationale situationniste en 1958, il constitue une « section italienne », dont font partie Augusta Rivabella, Giors Melanotte et Glauco Wuerich. Qui sont ces gens ? Des plasticiens, des écrivains, des sociologues, des théoriciens ? La réalité se révèle plus ironique. Augusta Rivabella est la femme (au foyer) de Giuseppe Pinot-Gallizio. Quant au pseudonyme de Giors Melanotte, il dissimule le propre fils du peintre, Pier Giorgio Gallizio, un jeune garçon sportif qui adore la pêche à la ligne et ignore tout de l'art contemporain. Son copain nommé Glauco Wuerich l'accompagne souvent au bord de la rivière. Il est illico embrigadé. La première section italienne de l'IS ressemble ainsi à une famille recomposée et à une plaisanterie de fumistes.

Du 28 au 30 août 1961, se déroule dans la ville suédoise de Göteborg une savante Conférence de l'Internationale situationniste. Le petit groupe est déchiré. Guy Debord, Raoul Vaneigem et quelques autres estiment que le courant doit se radicaliser. Si l'on considère que la vie quotidienne est une œuvre d'art, à quoi bon produire des sculptures, des tableaux ou des installations ? Les plasticiens sont sommés de choisir. Ou bien ils renoncent à leurs carrières respectives, ou bien ils sont exclus de l'Internationale. Procureur d'un jour, Raoul Vaneigem est sans pitié : « Il n'y a pas de situationnisme, ni d'œuvre d'art situationniste, ni davantage de situationnisme spectaculaire. Une fois pour toutes », assène-t-il devant un parterre de peintres et de sculpteurs stupéfaits. Comment peut-on leur interdire de créer ? Dans l'assistance, je repère Ansgar Elde,

Jacqueline de Jong, Dieter Kunzelmann, Jorgen Nash, Heimrad Prem, Gretel Stadler, Hardy Strid, Helmut Sturm, Hans-Peter Zimmer. Pour tous ces artistes, le discours de Vaneigem est un soufflet. La conférence de Göteborg officialise un tournant vers la politique, Debord et les siens s'insérant désormais dans la mouvance de l'ultra-gauche antiléniniste. Le plus curieux, c'est qu'à la fin des débats, lors d'une mémorable soirée créative et arrosée, les situationnistes, ennemis de tout art, réalisent collectivement plusieurs… tableaux. Tout ça pour ça ?

Les situationnistes se réfèrent bien souvent aux « thèses de Hambourg », qui constituent selon eux le sommet théorique de leur recherche. L'ennui, c'est que lesdites thèses sont absolument introuvables et ne figurent pas dans les archives situationnistes, disponibles à l'Institut international d'histoire sociale d'Amsterdam. Rien d'étonnant à cela. Début septembre 1961, Guy Debord, Raoul Vaneigem et Attila Kotányi reviennent en voiture de la conférence de Göteborg. Vers 22 heures, ils font halte dans un restaurant de Hambourg et boivent plus que de raison. Que faire ? Dormir sur place, ou continuer ? Après moult arguties, les convives décident : « On s'arrête, puis on continue ! » Le voici, le contenu réel et dérisoire des fameuses « Thèses de Hambourg ». Avec le « faux sérieux » qui le caractérise, Guy Debord livre sa propre version dans une lettre à l'universitaire américain Thomas Y. Levin en 1989 : « Il s'agit en fait des conclusions, volontairement tenues secrètes, d'une discussion théorique et stratégique touchant l'ensemble de la conduite de l'IS. Cette discussion eut lieu pendant deux ou trois des premiers jours de septembre, dans une série aléatoirement choisie des bars de Hambourg, entre Guy Debord, Attila Kotányi et Raoul Vaneigem [...]. À ces "Thèses" devait ultérieurement contribuer Alexander Trocchi, qui n'était pas lui-même présent à Hambourg. »

L'humour est aussi géographique. Dans ses tracts et bulletins, l'Internationale situationniste annonce une adresse au 32, rue de la Montagne-Sainte-Geneviève. S'agit-il d'un local public et militant ? Nullement. Le 32 est un bistrot auvergnat, Le Tonneau d'or, tenu par un certain Charlot, qui fait office de boîte aux lettres. C'est là que les « situs » et leurs potes zonent l'après-midi.

En 1968, René Viénet signe chez Gallimard un ouvrage très documenté, nommé *Enragés et situationnistes dans le mouvement des occupations.* Il y relate avec une grande précision les faits d'armes des situationnistes et de leurs amis durant le mois de mai 1968, du Comité d'occupation de la Sorbonne au Conseil pour le maintien des occupations (CMDO) en passant par le Groupe des Enragés. Jungle des sigles et des groupuscules. Or ce livre a été rédigé à huit mains par Guy Debord, Raoul Vaneigem, René Riesel et Mustapha Khayati. Pourquoi n'ont-ils pas signé le manuscrit ? Le choix de René Viénet comme auteur relève... d'une forme d'humour, doublée d'un évident désir de ruiner toute propriété littéraire. Car tel est l'enjeu du détournement. Tuer l'auteur, en décrétant que tout texte peut être reproduit à l'envi, même sans indication d'origine.

En 1972, au fil des départs et des exclusions, l'Internationale situationniste ne compte plus que deux membres : Guy Debord et l'essayiste italien Gianfranco Sanguinetti, héritier d'une riche et prestigieuse famille qui détient notamment le groupe alimentaire Arrigoni. Debord finira par exclure Sanguinetti.

Le clan semble en cela « imiter » le surréalisme, puisqu'il fonctionne à la manière d'un cénacle élitaire et sélectif, animé par un seul homme, Guy Debord, ce qui rappelle le leader du surréalisme, André Breton. Il y a pourtant entre les deux mouvements une différence notable. Si des personnages hauts en couleur ont certes existé en bordure de la mouvance surréaliste – le poète, boxeur et déserteur Arthur Cravan, ou encore Pierre Molinier qui disait peindre avec son sperme –, André Breton s'entourait des écrivains et des plasticiens les plus aigus de son temps. La plupart des surréalistes s'employaient à faire œuvre. Ce fut le cas de René Char, Guillaume Apollinaire, Louis Aragon, Benjamin Péret,

Max Ernst, Salvador Dalí, Paul Éluard, René Magritte, Man Ray, Antonin Artaud, Robert Desnos, Julien Gracq, Jacques Prévert, René Crevel, René Daumal, ou André Pieyre de Mandiargues. En somme, il fallait avoir du talent, beaucoup de talent, pour s'arrimer au sillage d'André Breton.

C'est loin d'être le cas des situationnistes. Si je mets de côté l'écrivain et cinéaste Guy Debord, l'essayiste Raoul Vaneigem, le peintre Asger Jorn, le plasticien Constant, et quelques très rares autres, je me trouve en présence d'une petite galerie d'hurluberlus, drôles, gouailleurs et toujours un peu voyous. La scène est remplie de figures folkloriques et de figurants. L'Internationale situationniste n'est qu'une bande de copains, incluant les copains des copains.

Qui sont ces comparses ? J'ai évoqué René Viénet, auteur plus que fantomatique d'*Enragés et situationnistes dans le mouvement des occupations.* Celui-ci manifeste un grand intérêt pour l'Extrême-Orient et se spécialise dans le détournement situationniste de films asiatiques. Le procédé est simple : on prend un film chinois ou nippon de série Z, on en change les sous-titres pour mettre dans la bouche des guerriers des phrases de Karl Marx, Raoul Vaneigem ou Guy Debord. Parmi les plus célèbres films détournés, je recommande *La dialectique peut-elle casser des briques ?*, *Du sang chez les taoïstes* ou *Une petite culotte pour l'été.* En parallèle, Viénet anime dans les années 1970 aux Éditions Champ Libre une excellente « Bibliothèque asiatique », qui édite en 1972 le formidable livre du sinologue Simon Leys, *Les Habits neufs du président Mao*, disséquant la lubie maoïste. Mais il faut bien vivre, dans ce monde voué aux « eaux glacées du calcul égoïste », selon les mots de Karl Marx. Viénet se livre aussi à l'importation de films chinois pornographiques ou de kung-fu, qui passent dans un circuit de salles destinées aux travailleurs immigrés. Son plus grand « succès » commercial est *Karaté Moto.* Des années plus tard, on le retrouve costumé en homme d'affaires à Taïwan, mais je n'en sais pas plus.

Jacques Ovadia, qui prend la nationalité israélienne, se trouve mêlé à un retentissant scandale quand il décide de traduire en hébreu *Voyage au bout de la nuit* de Louis-Ferdinand Céline, ce qui n'est pas une mince affaire.

Le Vénézuélien Eduardo Rothe officie comme cameraman pour la télévision américaine. Il couvre en première ligne la guerre du Vietnam. S'adonne à la pêche au gros. Puis intègre enfin le gouvernement d'Hugo Chávez, en tant que membre du cabinet du ministre de l'Information Andrés Izarra. Encore un parcours pour le moins bigarré.

Dans ce paysage, Trocchi ne dépare pas.

XIV

Les aléas de la fraternité

Je n'ai voulu voir que les convergences entre Trocchi et Debord. Mais une autre réalité me saute maintenant aux yeux.

Guy Debord, dans son jeune âge, en un élan rimbaldien, s'est donné pour objectif de ne jamais travailler, c'est-à-dire en substance d'échapper à toute forme de salariat. Comment concilier ce rêve avec la dureté de l'existence ? On ne peut méditer sur le spectacle que si l'on a le ventre plein. Comme le remarque Fernando Pessoa, seul un banquier peut se permettre de professer l'anarchisme. Toute sa vie, Debord a cherché l'argent et les mécènes. Michèle Bernstein, Asger Jorn, Gianfranco Sanguinetti ou le producteur de cinéma Gérard Lebovici figurent au nombre de ses généreux donateurs. Il y en a d'autres. La question pécuniaire se révèle, chez lui, aussi centrale et obsessionnelle que chez Trocchi, mais il l'aborde d'une manière drastiquement différente.

Dans une lettre adressée le 26 mai 1969 à son demi-frère, Patrick Labaste, il écrit : « Il y a environ deux ans, à un moment où j'avais besoin d'argent et où j'en ai demandé à tous ceux de mes amis qui avaient les moyens de m'en fournir, notre sœur m'a envoyé tout de suite je ne sais plus combien, et j'ai pu croire que c'était un envoi collectif d'elle et toi. Mais je viens d'apprendre que tu l'avais laissée s'en débrouiller seule, en la raillant même à ce propos. Tu t'étais pourtant un peu enrichi comme limonadier. Voilà donc une insolence que je ne te passerai pas. » Plus loin, il explicite sa position : « Nous avons la bonne habitude de ne jamais supporter, parmi les gens qui nous fréquentent, quelqu'un à qui on demande un service qu'il peut rendre, et qui s'y dérobe. »

Ce qui me frappe, ici, c'est le caractère autoritaire de Guy Debord. Il ne souffre pas qu'on lui résiste. Qui n'a pas ouvert son portefeuille n'a pas droit à l'estime. Il ne quémande pas, il ordonne. Ennemi de toute autorité, Debord impose sa loi. Celui qui ne se soumet pas docilement est exclu de son champ de vision et disparaît de la surface du globe. S'il le croise, dix ou vingt ans plus tard, il continue ostensiblement de l'ignorer. Cet homme a l'intolérance inflexible. Alors même qu'il se place dans le sillage antiautoritaire de la pensée libertaire, il affirme avec violence sa propre autorité.

La différence avec le créateur écossais est grande. Lui aussi a passé sa vie à quémander de l'argent auprès de ses amis. Mais toujours sur le mode de la supplique. Jamais il n'a « menacé » personne ni brandi l'arme de l'exclusion.

L'obstination de Guy Debord à vouloir dépasser le couple aurait pu aussi le rapprocher de l'auteur du *Jeune Adam*. Seulement, les méthodes de séduction de l'un et de l'autre sont strictement antinomiques. L'Anglo-Saxon usait de son charme, de son humour, de son exubérance, de son bagout, quand Debord se comportait en maître et dominateur. La publication chez Fayard de sa correspondance, entre 1999 et 2010, témoigne de son rapport aux autres. Dans une lettre écrite à l'un de ses amis, Jean-Marc, le 2 octobre 1971, Debord justifie la liaison qu'il a nouée avec la compagne de Jean-Marc, qui se prénomme Ève : « Ève nous a avoué un jour que, la précédente fois où elle avait passé la nuit avec nous, elle ne t'en avait pas prévenu [...] et que tu avais donc été normalement inquiet de quelque accident possible, dans la rue par exemple. J'ai aussitôt blâmé cette maladresse, offensante pour toi comme pour nous. » Guy Debord prohibe l'adultère. Ève n'aurait pas dû tromper Jean-Marc. Elle aurait dû tout lui dire, puisqu'elle était à la fois l'amante de Jean-Marc et de Guy.

Peu avant son départ de l'Internationale situationniste en septembre 1971, un René qui n'est pas Viénet se voit à son tour dénoncé, parce que sa femme n'a pas donné satisfaction au lit : « Je viens d'apprendre [...] que ta femme, dont tu ne peux certainement pas ignorer que je la tiens, sur le plan intellectuel, pour une misérable conne, et sur le plan "esthétique" pour un veau, a prétendu que je lui aurais demandé un jour de coucher avec elle. [...] Il y a quelques mois, Alice l'a sautée, entre bien d'autres, mais comme la pire, une seule fois, et n'a pas cru devoir renouveler l'expérience pour cette simple raison : ta femme [...] a d'abord prétendu contre toute vraisemblance qu'elle avait joui. Alice lui a fait plus tard convenir de son mensonge. » La femme de René n'a pas été suffisamment « authentique ».

Il paraît clair dans cette suite d'exemples extrêmes que Guy Debord se pose en juge et arbitre de la libération individuelle de ceux qui l'entourent.

Le chef se fait juge du comportement des autres. Ce qui complique les choses, c'est qu'il n'établit aucun critère formel de libération individuelle. En l'absence de phares et de balises, à quoi reconnaît-on qu'on a fait de sa vie une œuvre d'art ?

Guy Debord demande d'abord à ceux qui veulent cheminer avec lui de rompre avec leur tissu social et de refuser toute forme de carriérisme, au profit d'une aventure permanente, d'une quête des petits boulots et des coups de fric. Se tenir à l'écart des lois, telle est la première règle.

Ce qu'il exige ensuite, ce qui fonde à ses yeux l'amitié et fait office de ligne de démarcation entre les purs et les impurs, c'est l'aptitude à transgresser les interdits. L'exemple du producteur et imprésario de cinéma Gérard Lebovici est de ce point de vue instructif. Les deux hommes se rencontrent pour la première fois en 1971. Ébranlé par mai 1968, Lebovici aimerait contribuer à la révolution en devenir. Il a fondé avec une poignée de jeunes gens menés par Gérard Guégan une maison d'édition dont il est le propriétaire et qui se nomme Champ Libre. Durant leur premier entretien, Guy Debord le somme, en préalable à toute relation, de republier son livre *La Société du spectacle*. Ce sera de manière *pirate*, attendu que l'éditeur d'origine Buchet-Chastel, dont il n'est pas satisfait, en possède encore les droits.

Aussitôt dit, aussitôt fait. Lebovici réédite frauduleusement le livre, puis engage avec Buchet-Chastel une coûteuse bataille juridique.

Guy Debord lui demande par la suite de produire un film d'avant-garde à partir du livre. Il exige de Lebovici qu'il *vole* les extraits des grands classiques du cinéma américain qui figureront dans le long métrage. La monteuse, Martine Barraqué, doit se procurer des copies illicites, qui coûtent fort cher. Il eût été moins onéreux d'acheter légalement les extraits demandés.

Gérard Lebovici, qui a été « mis à l'épreuve », se montre « digne » de Guy Debord, en enfreignant délibérément la loi à plusieurs reprises. Transgression, tel est le maître-mot de la libération. La démarche expérimentale situationniste débouche concrètement sur un individualisme absolu.

Comment l'individu-roi, qui se place au-dessus des lois et par-delà le bien et le mal, pourrait-il régner, sinon au détriment du reste de l'humanité ? Cet égoïste revendiqué méprise et piétine les autres, qui deviennent des instruments, des marionnettes, des jouets que l'on casse après usage.

Adolescent, le futur collaborationniste Marcel Déat avait dérobé un pistolet. Il avait ensuite proposé à deux de ses camarades de classe de jouer avec lui à la roulette russe. Chacun à tour de rôle devait presser contre sa tempe le revolver à six coups qui ne contenait qu'une seule balle, puis appuyer sur la détente. L'un d'entre eux est mort. Ce n'était pas Marcel Déat.

XV

La magie du chaos

Il existait au XXe siècle une religion minoritaire, je dirais même ultra-minoritaire, qui prônait la *Chaos Magick*, la magie du chaos. Ses adeptes voulaient plonger le monde dans un désordre abyssal, au moyen de pratiques obscures et théurgiques, dans le but avoué de faire table rase de la civilisation occidentale. L'objectif final consistait à détruire le monde ancien, et donc le monde tout court, pour permettre à l'hypothétique ère nouvelle d'advenir. L'âge d'or pourrait naître d'un chaos sanglant.

Le concepteur de la « théorie du chaos » se nommait Austin Osman Spare (1886-1956). Cet artiste et occultiste anglais croyait dur comme fer en la théurgie, le pouvoir de l'énergie psychique, autant dire « la magie », capable selon lui d'ébranler les édifices les plus solides. Il s'adonnait par ailleurs à l'écriture automatique et certains le considèrent comme un précurseur du surréalisme.

À vingt ans, j'avais été un temps séduit par cette forme d'occultisme décadent. Sa liturgie assez ridicule se voulait plus ou moins érotique. On parlait de « magie sexuelle », de « rituels énochiens ». Bref, je jouais à me faire peur. Il est vrai que je cultivais un intérêt soutenu pour le punk et les tribus flamboyantes qui l'escortaient, qu'elles fussent métalliques, gothiques ou industrielles. Ce grouillement marginal se nourrissait largement des hérésies occultistes. Les créateurs multi-formes tels que Genesis P-Orridge, David Tibet, ou John Balance s'abreuvaient de grimoires obscurs, au risque d'y perdre leur âme. D'ailleurs, en 1976 à Londres, une société secrète nommée les « Illuminés de Thanateros » s'employait à disséminer la *Chaos Magick* dans le milieu de l'underground et William Burroughs, qui a décidément tout essayé, devint lui-même un pratiquant.

Cette spiritualité de pacotille se targuait d'obtenir des résultats concrets en invoquant telle ou telle créature issue des mondes intermédiaires. J'avais poussé la curiosité jusqu'à prendre contact par la voie épistolaire avec diverses officines anglo-saxonnes, telles que l'Ordo Templi Orientis, l'Église de Satan, le Temple de Set et quelques autres, qui m'abreuvaient, par correspondance, de manuscrits photocopiés, agrémentés parfois d'une belle mise en page. Mais je n'ai jamais adhéré à ces cultes qui me répugnaient autant qu'ils me fascinaient. De cette époque lointaine ne subsistent en moi que des rémanences. Une grappe de souvenirs, pas toujours plaisants, et un lot de références, à l'image de cette magie du chaos qui a irrigué une partie notable du mouvement hippy et de la contre-culture, ce dont témoigne la fascination qu'exerce encore le tueur en série Charles Manson.

Il faut bien admettre que la vague soixante-huitarde n'a cessé de se briser sur la digue. Ceux qui prétendaient au XXe siècle abolir toute limite et pratiquer la *Chaos Magick* n'ont fait qu'instrumentaliser les autres, piétiner l'amitié, jouer avec les cœurs. Dépressions, morts précoces, clochardisation, aigreur, tel fut le lot ultérieur de nombreux adeptes de la jouissance infinie. Bouffi par l'alcool et les excès, victime en conséquence de douloureux rhumatismes qui le laissaient perpétuellement sans repos et l'empêchaient même de se tenir debout, Guy Debord finit par se tirer une balle de fusil dans le cœur en 1994, à l'âge de soixante-trois ans. Ce suicide s'inscrit peut-être dans une magie du chaos, propre à l'époque moderne…

Je prends désormais conscience de l'abîme qui sépare Guy Debord d'Alexander Trocchi. Le premier n'a eu en tête qu'une seule idée : contrôler. Toute sa vie, il a voulu contrôler les autres, contrôler la publication de ses écrits, et même contrôler ce qui resterait de lui après sa mort. Un *control freak*, comme disent les Anglais. Debord a, par ailleurs, élaboré dans les années 1960 une théorie selon laquelle nul ne pouvait échapper au spectacle, ce « visage moderne de l'idéologie ». Partant de ce constat, il est lui-même monté sur la scène spectaculaire, en s'attribuant le rôle de l'outsider, de l'ennemi ultime, de l'adversaire. Et cette stratégie de rupture a contribué à sa panthéonisation. Il s'est vu honoré, dès la fin des années 1980 et jusqu'après sa mort, à la fois par la société civile et par l'État, jusqu'au pinacle de 2005, qui a vu une importante structure gouvernementale, l'Institut français, le célébrer dans ses succursales à travers la planète, comme « auteur de l'année ». Mieux encore : en janvier 2009, la République française a décidé de classer l'ensemble de ses archives au « patrimoine national ». L'arrêté qui figure dans le *Journal officiel* du 12 février 2009 stipule que ses archives revêtent « une grande importance pour l'histoire des idées de la seconde moitié du XXe siècle et la connaissance du travail toujours controversé de l'un des derniers grands intellectuels de cette période ». En 2013, la Bibliothèque nationale de France a enfin organisé une exposition officielle, assortie d'une inauguration en grande pompe et d'un colloque universitaire, dans le seul but de lui rendre hommage. Ainsi, Guy Debord a obtenu la gloire, tout en perdant son combat contre le spectacle.

Il a prétendu affronter la domination spectaculaire, mais le spectacle lui a érigé une statue.

Quel contraste avec Alexander Trocchi… Lui, il n'a jamais voulu contrôler quoi que ce soit, ni qui que ce soit. Il a couru après un mirage de liberté absolue. Il a fait naufrage au beau milieu de la mer des Sargasses, en essayant, mais en vain, de réaliser le programme édicté par Guy Debord.

A-t-il fait de sa vie une œuvre d'art ? Je le crois. Une œuvre contemporaine, semblable à l'incendie de Notre-Dame de Paris en avril 2019, une œuvre situationniste. Peu d'écrivains peuvent se vanter d'avoir été aimés, voire admirés, par des personnalités telles que Samuel Beckett, Allen Ginsberg, William Burroughs, Guy Debord, Jean-Paul Sartre, Patti Smith, Jim Morrison, John Lennon, Eric Clapton ou Leonard Cohen. Cet homme avait dans la main toutes les cartes du succès. Il était beau, intelligent, doué, charmant. Et il avait du talent. Il n'a cessé de jouer perdant. Il a joué la réussite inversée. D'un côté, le contrôle impérieux, de l'autre, la liberté sans limites.

Je confesse avoir lu béatement les situationnistes pendant des décennies. Leurs textes différaient radicalement des brochures maoïstes ou trotskistes. Ils étaient porteurs, me semblait-il, d'une lucidité imparable. Ils n'adulaient aucune des idoles de l'époque. Ils ne vénéraient ni Dieu, ni César, ni Lénine, Trotsky, Mao,

Castro, ou Guevara. Ils incarnaient une authentique critique de gauche de la gauche. Et puis, j'étais séduit par la théorie du spectacle, qui mettait en lumière une société barbare dissimulée sous les oripeaux de la démocratie, de la morale et des bons sentiments.

Je les ai crus. De leurs livres abscons, j'ai fait mes bréviaires. J'ai voulu, à ma façon, faire de mon destin une œuvre d'art. Me suis-je pour autant comporté en cuistre libertin, en athée stupide, en égoïste inconscient, à la manière de Trocchi ? Je ne crois pas. Je n'ai jamais su désirer sans aimer. L'orgie m'était étrangère et les vantardises des mâles m'indisposaient. Il m'est arrivé un jour de tomber amoureux d'une belle libertine, qui formulait de jolies sentences : « Prends-moi telle que je suis », aimait-elle à me répéter. Quand je la quittais vers minuit, je savais que, pour elle, la nuit ne faisait que commencer et qu'elle allait poursuivre les ébats, poursuivre le débat, dans d'autres bras que les miens. L'idylle fut brève, mais je garde en mémoire la saveur épicée de cette étrangeté radicale. Combien de personnes peut-on aimer à la fois ? Y a-t-il un chiffre limite ? Peut-on séparer l'amour du désir, à la façon de Trocchi et des libertins ? Ceux qui ont cédé aux instincts de la chair ont-ils brisé en eux un lien secret les rattachant au divin ?

Ainsi ce livre s'achève, non sur une somme de jugements péremptoires et de condamnations morales dans le ton de l'époque, mais sur des questions. Des questions sans réponse. « La liberté des autres étend la mienne à l'infini », assénait l'anarchiste Michel Bakounine. Et s'il se trompait ? Et s'il n'y avait pas d'espoir ? Pas de libération possible, autre qu'individuelle ?

Il ne fallait pas les prendre au sérieux, Alexander Trocchi, Guy Debord et les autres. Je n'aurais pas dû gober leurs discours péremptoires. J'ai naïvement tenté, moi aussi, de m'ériger une statue. Je voulais que, sur ma tombe, on dise : « Il n'entrait pas dans les cases. Il défiait les codes. Il était spécial. C'était un personnage hors normes. »

Je me trompais. La vie n'est pas une œuvre d'art.

Bibliographie d'Alexander Trocchi

Helen and Desire, publié sous le pseudonyme Frances Lengel, The Olympia Press, Paris, 1945. Traduction de Thadée Klossowski sous le titre *Hélène et le Désir*, éditions Marie Concorde, 1970.

The Carnal Days of Helen Seferis, publié sous le pseudonyme Frances Lengel, The Olympia Press, Paris, 1954.

Young Adam, publié sous le pseudonyme Frances Lengel, The Olympia Press, Paris, 1954. Traduction de Bernard Willerval sous le titre *Le Jeune Adam*, éditions Buchet-Chastel, 1964 ; traduction de Serge Quadruppani, éditions Métailié, 1997.

White Thighs, publié sous le pseudonyme Frances Lengel, The Olympia Press, Paris, 1955. Traduction de Thadée Klossowski sous le titre *Anna en sa tanière*, éditions Marie Concorde, 1970.

School for Sin, publié sous le pseudonyme Frances Lengel, The Olympia Press, Paris, 1955.

Thongs, publié sous le pseudonyme de Carmencita de las Lunas, The Olympia Press, Paris, 1956.

I, Sappho of Lesbos, Castle Books, New York, 1960.

Cain's Book, John Calder, Londres, 1960. Traduction d'Aanda Golem sous le titre *Le Livre de Caïn*, éditions Julliard, 1962 ; éditions du Lézard, 1999.

The Outsiders, New American Library, A Signet Book, 1961 (réunit *Young Adam* et quatre nouvelles).

The Fifth Volume of Frank Harris's My Life and Loves, The Olympia Press, Londres, 1966.

What Frank Harris did not say..., The Olympia Press, New York, 1967.

School for wives, Brandon House, New York, 1967.

Man at Leisure, poésie, John Calder, Londres, 1972.

The Holy Man and Other Stories, nouvelles, Calder Publications, Londres, 2019.

Adaptation cinématographique

Young Adam, film réalisé par David Mackenzie, 2003.

Sur Alexander Trocchi

Cain's Film : court-métrage réalisé par Jamie Wadhawan, 1969.

Alexander Trocchi, The Making of the Monster : biographie écrite par Andrew Murray Scott, Polygon, Édimbourg, 1991.

Alexander Trocchi, A Life in Pieces : documentaire produit par Tim Niel, 1996.

Bibliographie d'Alexander Trocchi

A Life in Pieces. Reflections on Alexander Trocchi : témoignages réunis par Allan Campbell et Tim Niel, Rebel Inc., Édimbourg, 1997.

"The Outsiders" Alexander Trocchi and Kenneth White, Gavin Bowd, Akros, 1998.

Suite de la liste des ouvrages de l'auteur

Carlos Castaneda, La Vérité du mensonge, Éditions du Rocher, 2005.

Bibliothèque secrète, Éditions Bartillat, 2004.

Histoire générale de l'ultra-gauche, Éditions Denoël, 2003.

Guide de l'Autre Londres, Éditions Bartillat, 2001.

Les Forcenés du désir, Éditions Denoël, 2000.

Le Miracle inutile, Éditions Flammarion, 2000.

Vie et Mort de Guy Debord, Éditions Plon, 1999 (réédition augmentée, Pocket, 2002).

Guide de l'Autre Paris, Éditions Bartillat, 1999.

Cet étrange Monsieur Blondel, Éditions Bartillat, 1997.

Les Maoïstes, Éditions Plon, 1996 (réédition augmentée, Points/Seuil, 2008).

Message reçu, Éditions Spengler, 1995.

Les Faux Messies, Éditions Fayard, 1993 (réédition augmentée, Pocket, 2014).

Extrême Droite, Éditions François Bourin, 1991 (réédition augmentée : *La Nouvelle Extrême Droite*, Éditions du Rocher, 2002).

Les Ennemis du système, Éditions Robert Laffont, 1989.

Cet ouvrage a été imprimé par CPI Firmin-Didot à Mesnil-sur-l'Estrée, en décembre 2022, pour le compte des Éditions de La Table Ronde

Dépôt légal : janvier 2023.
N° d'édition : 398308.
ISBN : 979-10-371-0958-3.
N° d'impression : 173077.

Imprimé en France.